清末民初文獻叢刊

澗于日記

（第三册）

［清］張佩綸　撰

朝華出版社
BLOSSOM PRESS

蘭駢館日記

光緒十七年辛卯正月丙寅朔陰

與光輩論詩薄暮閱山谷詩一卷

初二日晴

遇晦若略話伯平來談

初三日晴

理管子注業上所聚皆周秦兩漢之書頗有古意

初四日晴

治筦子餘暇讀詩盡山谷一卷

國策謂張儀破從為衡趙割河間韓効宜陽魏効河外燕割常山之尾五城齊獻魚鹽之地三百惟楚僅獻雞駭之犀夜光之璧其時屈原諫止之蘇雖不見納然儀固有所畏忌也君子觀於此而歎郢廷之上何可一日無人哉

初五日晴

合肥生日賀客如雲余猶与內人談詩竟夕

僧詩忌蔬筍氣女子之詩亦忌脂粉氣選詩於婦人但存班倢妤怨詩曹大家東征賦玉臺新詠所錄頗多則皆怡詞麗句耳所以選列朝詩者雖例錄閨英率皆靡靡不振所謂綺麗不足珍

也余戊子冬為內人作論閨秀詩十餘絕題其古今流別識以毛詩及三家合考之則三百篇中婦人之作居多要之當以穆如清風雅人深致為主固不宜以曉風殘月作妮妮兒女語亦不必努力作稜有類武夫儇父之習也

初六日晴

寄再同書顏稼如有指升入都也

管子曰商賈在朝則貨財上流荀子曰賈精於市不可以為市師此賈千古名言周禮司市以下大夫為之惟禁僞去詐乃用賈民誠以賈人之心計以之謀國勢必利競錐刀以之便私勢必廣通賄賂故不得不示以

籍制鼂錯說上曰今法律賤商人商人已貴富矣尊農夫農夫已貧
賤矣語極悚切而其意則在入粟縣官拜爵除罪非試用此拜爵
者為富商乎為愿農乎試問此除罪者為奸商乎為賤農乎以
入粟故粟價踊貴無如商賈之力能積貯倍息以取之農之所利
甚微而商之所利甚大國之所得甚少而商之所得甚多於是向
之富商均皆為貴商向之奸商均為豪商則至桑宏羊以賈人子
為御史大夫實此言階之厲也核以管子之言則不獨不宜貴商賈
列並不宜畀以市權杜漸防微可謂深切著明洞見癥結也或曰
中外通商商戰之天下也必採務本抑末之說商人非通外國

為中國漏卮乎曰以賢士大夫主之以良善商人輔之逐其奸商以市儈之權其漏卮更甚耳有識者當亟懍然

初七日晴

康成之學頗厄於晉王韓之易杜氏之書晉為王肅之攝政論詩禮亦多主肅而難鄭其不絕如綫矣而卒不能盡廢則其體大思精固非小儒所能望也嗟乎何晏之集解出而漢儒論語無全書杜預之左傳出而賈服舊注無全書范甯之穀梁出而五家穀梁無全書何劭公之公羊學竟能傳留至今亦云幸矣晉書儒林傳最無史法范平未嘗傳注取以冠首杜夷比於高行亦列姓名

至開國之始過江以來學派異同儒術升降蔑並不得其緒殊可惜也鄙見當割韓伯傳入之以明易派而補顧夷於後（晉揚州刺史有周易難王輔嗣易一卷）補故續傳而取謝沈（尚書十五卷）孔晁（晉五經博士尚書疑義問鄭等）伊說（撰義疏）以抱晚出尚書者更之故詩則江熙（毛詩二十卷）孫毓（毛詩異同評字休朗）陳統（徐州從事難孫氏）楊乂（毛詩雜義五卷異義二卷）杜預即不能入儒林當與劉寔敘於傳左氏之後范汪（甯之父）殷興范堅固宜與孫毓左疏並采也至徐邈期高龍汪逌之公羊張譏徐乾之穀梁不宜見遺（范甯當入與徐邈相次）郭璞注尔雅並有毛詩拾遺不當與葛洪並傳等諸方伎干寶有周官禮及駁難無不當與王隱等並傳而於史家至於三禮專明以及論禮者

傳之類亦宜擇要存之方為史漢例合惜梁少華未能詳審也

初八日晴

伯平歸田大名

晋荀崧傳時方修學校簡省博士置周易王氏尚書鄭氏古文尚書孔氏毛詩鄭氏周官禮記鄭氏春秋左傳杜氏服氏論語孝經鄭氏博士各一人凡九人其儀禮公羊穀梁及鄭易俱省不置崧以為不可請鄭易鄭儀禮公羊穀梁均立博士謂穀梁膚淺不足立博士餘如奏會王敦之難不行此南朝廢鄭易之漸也公羊穀梁又不知當立何家史之疏也其時孔傳杜注已立博士而鄭

服並存猶可藉破漢儒流派奈何漸就湮沒使晚出之古文雜陳之
武庫盡擾經生之席哉典午以清談為事於經義本旨所暗故雜
雖劉向切言之而當事藉端來閧于國今文遭巫蠱者非羅之傳博
士尼王駿者可以嗟特拈出之為釋經家一慨
葛洪著喪服變除一卷此當與環濟太學博士之要略孔衍廣陵相之凶禮
並列禮家不特賀循蔡謨也乃洪傳但言其抄五經史漢餘書鋪
張其得仙之迹正史乃如小說多怪也

初九日陰

偶論明永樂時政事合肥以成祖為高麗妃所生蒯耦云高皇后所

生余日皆有據朱竹垞南京太常寺志跋云海甯談遷孺木館膠州高閣老宏圖家借故冊府書縱觀因成國榷一部掇遺爲棗林雜俎中述孝慈高皇后無子不獨長陵爲高麗碽妃所出而懿文太子及秦晉二王皆李淑妃所生也聞者爭以爲駭史局初設嘗質諸總裁前輩總裁謂宜依實錄之舊今觀天啟三年南京太常志中設高帝后位左生子妃五人右碽妃一人事足之徵信實錄史臣曲筆不足從也長陵上闕下書及宣諭臣民曰太祖高皇帝孝慈高皇后嫡子靈標救梅而逆反露矣是竹垞之意以成祖爲碽妃所產也 志四十卷嘉興沈若霖編

初十日陰

楚國先賢傳孫儁字文英與李元禮俱娶太尉桓焉女時人謂桓叔元兩女俱乘龍言得壻如龍也元禮之門謂之登龍其婦亦謂之乘龍負老子猶龍之裔矣按東漢好以名稱相標榜其稱龍者若荀氏八龍及管寧等龍頭龍腹龍尾之類至武侯卧龍而龍德備矣其餘波若中散之稱卧龍王濬乃水中龍皆月旦之餘習也桓少君挽鹿車為佳話其後又有孫李乘龍繼之惜少君之父不詳其名不知与桓榮為同宗否耳何桓氏之多佳壻賢女也

十一日晴

得再同復書安圃桂林書

初九日論成祖事更以實錄攷之榆木川崩年六十五當生於元至正二十年庚子時太祖為吳公之五年其時安得有高麗妃據太常志左列生子妃五人右碽妃一人則碽妃未生子可知且成祖即葬於高后不追崇所生然不應列所生於生子妃五人之下其為野史傳訛無疑要之成祖之為篡立雖孝子慈孫無從掩蓋不繫乎所生之為嫡為庶也特惶知難建文從亡諸臣之倔強於此獨之衷志始終不滿於永樂耳

廿二日晴

北史儒林傳南北所為章句互有不同江左則易王輔嗣書孔安國左傳杜元凱河洛左傳服子慎書易則鄭康成詩則並主毛公禮則同遵鄭氏南人約簡得其英華北學深蕪窮其枝葉考終始要會歸殊方同致矣孔沖遠冀州名胄舊書稱其尤明左氏傳鄭氏尚書王氏易乃所定五經正義皆宗南學而背北學即其服習鄭氏尚書之故亦並棄之何也其序易正義曰西都則有丁孟京田東都則有荀劉馬鄭大體更相祖述非有絕倫唯魏世王輔嗣之注獨冠古今所以江左諸儒並傳其學河北學者罕能及

之其江南義疏十有餘家皆辭尚虛玄義多浮誕斯乃義涉於釋氏非為教於孔門既背其本又違於注云云夫去兩京相傳之正脈而孤守輔嗣老莊說易之旁門乃以虛玄浮誕歸過於南疏真源濁而欲流潔本枉而求影直矣書之宗孔其壞河朔舊風者始於二劉焯炫孔疏雖光伯士元並譏實陰祖士元述義而於鄭氏棄若弁髦尤為反與朕科左疏深譏漢儒以為雜取公羊穀梁以杜專左釋經為甲雖不以劉氏規杜為然實仍勦襲舊疏一昧為武庫佞友而已然則孔氏實壞北學之門牆絕漢儒之流派不得以詩禮之疏之善掩其巨謬也

十三日晴

左傳蔡仲改行帥德周公舉之以為己卿士見諸王而命之以蔡杜注
為周公臣史記管蔡世家蔡叔度既遷而死其子曰胡〻乃改行率德
馴善周公舉胡以為魯卿士魯國治於是周公言於成王復封蔡以
奉蔡叔之祀小司馬校尚書元仕魯〻文又謂伯禽居魯在七年致
政之後疑史無所據孔穎達正義〻以史為誤錢宮詹史記攷異梁
曜北史記志疑已糾正之無論史記所述本出左氏絕非無所據依即
以尚書論孔長補之文又從孔氏明鼓孰晚出之尚書而置疑於史
記此以唐律定漢獄者也杜氏既有左癖乃不能引史證左殊為率

陋惜服賈之注久亡耳

十四日陰

左昭二十九年使獻龍輔於齊侯杜注龍輔玉名正義周禮使澤國用龍節皆金也以英蕩輔之杜子春云蕩謂以函器盛此節謂鑄金為龍以玉為函輔盛龍節謂之龍輔此獻函不獻節故直云獻龍輔先鄭云盛龍節之玉函耳案說文云龍禱旱玉也為龍文又玉人云上公用龍鼓云龍輔玉名蓋用此意余案周禮疏云昭二十九年公在鄆賜公衍羔裘使獻龍輔於齊侯注龍輔玉名所以輔龍節与此別也是唐初所見杜注必有所以輔龍節五字故賈引以疏杜子春之說孔復引杜子春以疏

元凱否則任引說文及王人足矣何必糾纏杜子春龍節之注哉

十五日陰晴相間

漢以望日祀太一從昏時到明此夜游觀燈所自始然元宵詩殆無用太一者矣沿流忘源往往如是

十六日晴晚陰

閒

慈聖立綺春園昔漢明德后置織室蠶於濯龍中數往來觀視冀

聖懷遠識明德從此修躬桑之典講親蠶之文

深宮留意蠶織亦治象也日望之矣 後見邸抄名綺華館

十七日雪甚微保[illegible]甚大

復冊國書並遣兩馬軍入都迎之時河海釋氷輪船已駛行矣

洪皓留金十五年忠義之聲聞于天下其子适遵邁俱宰可謂不於

身必於子孫矣並三洪之行尙不及其父遠甚此亦公懲卿之懲長之類

也宋國王於還赦沿邊被兵州軍進章詔曰臣皇帝之稱爲叔姪之國

論者謂前所貶損四方未聞著之赦文殊失國體要之此二語既彰

前者稱臣之辱復著今者稱姪之名而宣播邊邇願自矜詡敗之稱

大朝小朝與父曰皇帝兒皇帝相等矣失國體猶小而其志趣之卑

陋可知孝宗閒侍從臺諫曰敵人來索舊禮從之則不忍屈不從則

豐潤張氏澗

邊患未已中原歸正人源源不絕納之則東南力不能給否則絕向化之
心宜指陳定論以聞遂與金安節虞允文蔣芾周必大為一議大略謂不
宜直情徑行亦不可遽為之屈謂宜遣金繒如前日之數或許
稍歸侵地如海泗之類則彼亦可藉口而來議矣金強宋弱彼時
宜索河南陵寢者國屬遣騎而如此等議論豈不卑淺可笑臣
正人源源不絕乃恢復之機也猶置而不論尤見其識見庸下闇
於遠圖邁以高遠建責臣稅及取新復州郡棄之稱土疆實利不
可與祖宗陵寢委之情黃中及陳俊卿均欲臣究之易臣為非是
上亦正也邁既以舊禮折伏金使及使金為金人所鎖水漿不入不下邁三

日始得見竟厚命而還視忠宣實壞矣植欽悵宗有意語高世祖則決從宜朱子指為佞人耳蘇盧尚如此子不如蘇盧何足責但不錄而厚國史可恨乎

十八日晴

昌黎云爾雅注蟲魚定非磊落人連日修改管注積卷縱橫瀆覺苦樂相關夜燈試取昌黎詩讀之不覺月午矣

蔡寬夫詩話云退之石鼓歌云羲之俗書趁姿媚數紙尚可博白鵝觀此語便知退之非留意於詩書者今洛中尚有石刻題名信不甚工余業蔡說甚固殆非留意於詩者此特烘托法耳然國朝諸公如阮文達輩便執此意鄙視王書亦可笑也

十九日晴

核叔填來

苕溪漁隱叢話東坡云書之美者莫如顔魯公然書法之壞自魯公始詩之美者莫如韓退之然詩格之變自退之始又載山谷語謂退之安能潤色東野洪龜父云謂山谷於退之詩少所許可東坡之言深於書法詩律爲世之肄顔書者韓詩者痛下鍼砭山谷之詩豈能到退之氣象吾顧彭城公以孟郊詩爲彭蠘以山谷詩爲江瑤柱皆有貶詞識明能與韓潮蘇海較耶冷齋夜話又載山谷讀退之贈同游詩喚起窗全曙催歸日未西以喚

趣催隷為二島挼山谷從此等處求錦不亦瑣乎

二十日晴

顧緣民自都來代購歷代國朝詞綜兩冊余不解音律不能倚聲留備檢攷耳晦若來談復與秋並致再同書以一緘屬嚴範孫偕修承館師均附明日搢丹寄都也

俞理初先征序義曰書序云羲和湎飲廢時亂日先往征之作先征史記謂帝中康時鄭曰先臣名史記不采左傳羿事蓋孔安國所不說據左傳羿代夏政為帝夷羿則中康之立亦猶朱均別守丹商國邑耳校書謂中康肇位四海先侯命掌六師又作傳云夷羿廢太康

而立其弟仲康為天子仲康命允侯掌王六師為大司馬是羿亦為
太康不得為帝弟羿矣宋蘇軾謂羲和貳羿忠夏羿假命征之
其言無徵而深得枚孔之意蓋王肅皇甫謐見高貴鄉公毋邱
儉諸葛誕之事牽率比文證之也南宋元明之儒務與蘇爭而互
相攀引殽並定羲和為羿黨則又一無稽之言各成一局且謂
孔子書序不明羲和黨羿之罪夫羲和黨羿南宋始有成
案孔子周人何由得明之且非枚書意也案吳世家取伍員諫夫差語
史記於少康事何嘗不證以左傳惟伍員之言謂有過滅后相少康不失舊
物則仲康繼太康而立本未失位或為謂國人所立叔為后羿所立時遠無

徵要不同。因辛甲虞箴有帝夷羿一語，遂疑其自太康以後遂羿浞迭篡也（果自太康後羿即篡立，何以又有帝仲康、帝相乎？以伍員之辭不攻自破）。仲康自征其官，不必強與前篇雜合。校書取左，如聖有謨訓及木鐸徇路詞，非此篇之文。惟辰弗集于之房，瞽奏鼓，嗇夫馳，庶人走，叔孫昭子言夏書以證救日之禮，正與書序廢時亂日之說合，定是此逸篇之文，無可疑者。然則羲和之罪狀憭然，何必忠夏黨羿，造此兩叢臆斷之詞乎？世或以此譏史遷敘太康少康之間語過簡略，則自孔子之時杞不足徵，史記於本紀專取尚書師說，正其謹嚴有法處，何可輕議。左氏兩言少康事，亦伍員之說，視魏絳為詳，敘之吳世家而不入夏本紀。

甚白存疑互見之意被支以祇謀及逸隱林撰者皆妄人也
孫淵如書疏取鄭注禹貢引九經箋廄元黃服我周王以周為
惡信為周之周此曲說也九經疑是微王經之誤耳

二十一日晴

吳龍翁寫文信國祠詩言所書六歌藏海虞錢氏已燬於火而
其題跋中尚有信公過小青口詩遺墨動人敬愛合肥師
家藏信公一詩云得之鄉人云能避瘧鬼此或出於附會然
信公之正氣日月懸於千章髑髏血模糊即鬼神固當敬之也
惜存蒿洲不獲一見之

吳跋米襄陽臨坐位帖謂魯公圓活清潤能兼古人之長米則
猛厲奇偉終墮一偏之失余謂顏乃宋人品迥異豈比揮子夫人

二十三日雨

六國之勢宜從不宜衡然從之事難蘇秦激而內從其志亦大
過人然即無張儀從約亦不能堅蓋從約三晉之利緩齊楚燕
方各蓄開彊拓土之見意謂和秦而加兵他國國遠交近攻
之策也而不知秦人以此時蠶食弱國其勢之席卷而亡矣秦之
必爭韓魏猶今日秦西之必爭我屬國也法取越南英取緬
甸香港俄取海蔘崴皆暗與秦人合今屬日本欲取朝鮮何以

枝耳軒睡及臥榻之旁而不悟有心人能勿慨然
燕在春秋時甚弱山戎之偪求助齊桓至莊公之時猶畏齊獻賂何
戰國時竟列於六國史記亦不之詳也國策蘇秦說燕文侯曰燕東
有朝鮮遼東北有林胡樓煩西有雲中九原南有呼沱易水其地
兼今日之盛京山西大同陝西榆林界矣不知強大之基創自何時疑亦
田氏篡齊之歩分晉之時盧桓得以其暇吞併邊方耳史公曰燕北
迫蠻貉內措齊晉崎嶇彊國之閒幾滅者數矣然於姬姓獨後亡
非召公之烈耶余謂弱如燕國樂毅用之而入齊強弱固無定形也
在於得人耳

二十三日晴

得八弟濮院書安姨桂林書

元微之陽城驛詩云商有陽城驛名同陽道州我願避公諱名為避賢郵詩作於元和五年及牧之時則改為富水驛矣牧之又有詩云益戇由來未覺賢終須南去弔湘川當時物議朱雲小後代聲華白日縣邪佞每思當面唾清貧長欠一杯錢驛名不合輕移改留警朝天者惕然一驛名或以為當改或以為不當改議論不同如此元白和者答詩十首同者謂之和異者謂之答陽城驛迺白所和者以杜臣与元白異耳非漫

然而作也

二十四日晴

作子壽文祭文一篇挽詞五首挽對一聯

杜預傳兩碑一沉峴水一立萬山萬字可疑檢水經注金詩山云當是方山之誤方作方故正爲萬耳兩漢之外史之誤字多矣

二十五日晴

季壬同年來午後至繆氏賀臣處小坐

八弟書云其内弟注有陰符經解欲求削正陰符經乃李筌偽撰諸家注亦筌偽為之其言五賊三盜均極淺陋乃朱子為之攷異晏溪後以

易釋之何也此等陋書止宜以神仙丹火之說演之焦弱侯之禪出自
李贄不狗則獄一識耳宜儒者所宜言耶

二十六日晴

擷舟回得再同書廿七出都此敏之乾孫薦杜孝廉彤未知其就館

答

晤梅若見余挽壽老詩謂似竹垞挽納蘭容若之作非所敢當
也而少日實癖嗜朱詩貪其使事繁博足資稗販賀家無
書樓既劉氏輸猶勝於以急圖冊子為秘本者偶檢所藏無注
錄而有楊謙孫銀槎兩注本孫注後於江楊並於直錄楊注者

便不著其名，近於盜竊。楊氏於徵典之外，附作詩情事，此紀事之例，最為近詩要著。如風懷詩，楊箋為徵實，近於揚惡訐私，此類刪之可也。如鴛鴦湖櫂歌，楊氏援證舊作甚多，孫亦一併去之，此則近於立異矣。覃谿評朱專校楊注，孫注刻於嘉慶初，或覃谿未見耳，實則孫遜於楊。

先生虎尾詩云：東丹王子畫，移剌楚材詩。楊注以耶律楚材作移剌為疑，孫注則於注中但稱楚材，而並耶律不書，蓋疑夫以先生之博洽，何至不知耶律楚材而誤書其姓者。遼史國語解云：以漢字書之則曰耶律，以契丹字書之則曰移剌，特一音之轉

耳

二十七日晴

答士周並送裕如行過陳雨人商延館師

二十八日晴

得雨弟書連日必作書一二紙首瞻尾筆頭所積無論毋復之

孟僖子屬說與何忌於孔子懿子師事雖人宜有以承補過之家風

而觀無違之明訓若乃其身比季氏實為昭公門一大罪人上負君

下負師有不可以情感理測者豈非孟氏之逆子而聖門之稂莠

耶僖子二十四年卒何忌以是年代父位明年昭公伐季氏使郈孫

逆之何忌苟知禮則師師徒助公攻季豈非不世之動而為私計亦必代季平得政乃甘心從逆執郈昭伯而殺之遂伐公徒此季氏所不敢為而陵虎所未能為者何忌肆無忌憚叛並行之此則季氏之賈充貽公不為高貴鄉公亦幸免耳三都之墮雖謀出子路而主之者必夫子乃墮郈墮費何忌皆身在行間及墮成則納公孫斂處父之請偽為不知成之終不能墮意其陰謀秘計諸墮郈費以弱季叔皆當成以撓聖謀陰詐不可思議觀數墮之叔孫州仇尤不足取史記仲尼弟子列傳不列其名殆亦時彼不鳴鼓而攻必早削其籍而絕其人矣竹垞作孔門弟子攷乃補列之非

也竹汀先生刻校拜孫駢子余稍嫌其過當若何忘則百喙無
以目解者耳

二十九日陰

得樂山十六日書

昨因與兒子論北學順識孔氏後取其詩禮二疏攻之其詩正義據二劉為本復云焯炫等負恃才氣輕鄙先達禮正義以熊安生皇侃為本復云以熊比皇皇為勝矣二劉及熊皆北學皇侃則南學也不知沖遠何鄙夷鄉先達若此豈以士元始不之禮介介于中耶抑學業博通故無門戶之見耶然觀其舍鄭氏尚書而用孔舍賈服左傳

而用杜與孟子所謂舍喬木而入幽谷者何博通之有
以禮疏論之沖遠譏熊氏違背本經多引外義猶治絲而棼之今
案曲禮篇五十曰艾疏引熊氏云案中候運衡云年耆既艾注云七十曰
艾言七十者以時堯年七十故以七十言之又中候準讖哲曰仲之父年艾
誰將遠政注云七十曰艾者云誰將遠政是耆老致政致政當七十之時
故以七十曰艾此即所謂多引外義者而疏亦未有駁詰蓋兩注皆出自
鄭熊氏引之以博其趣耳太上貴德鄭注太上帝皇之世熊氏以鄭升
帝於皇上故列考鄭說三皇與帝均曰帝通孔安國不同之說疏亦無以難
之檀弓篇子思之哭嫂也為位注善之也禮嫂叔無服疏云此子思哭嫂是

孔子之孫，以先先死，故有嫂也。皇氏以為原憲字子思，若然，鄭無容不注。鄭既不注，皇氏非也。孔氏連叢云一子相承以至九世，及史記所說亦同，不妨雖有二子相承者唯存一人，或其兄早死，故得有嫂。且雜說不與經合，非一也。孔以皇為勝，亦嫌其時乖鄭義，並疏頭連史記述為子思有兄先死之說，何足難皇？且鄭既不注，安知即是孔子之孫乎？其意蓋以上下子思皆孔孫也。並即此一節亦足見皇之未必勝。熊耳王制千里而遙千里而近，皇氏謂近乃不滿千里，遙乃不滿千里；熊氏以為近者謂過千里，遙者謂不滿千里。孔氏是皇非熊。然則熊說似涉迂曲矣。余擬摘其駁熊者別鈔之，仿劉文淇左傳舊疏之例，使北學稍存梗概也。馬氏已據之矣，當合衆諸家匯為一書，曰禮記舊疏存。

二月初一日晴

復兩弟書得趙著衫書時署山東臬司

陽休之撰幽州人物志北齊書北史並同休之歿於隋開皇二年而隋書經籍志並不著錄惟舊書經籍志幽州古今人物志十三卷陽休之撰蓋開元四部所收也太平御覽引用書目已無此書是宋初已亡而新唐書藝文志猶列其目十三卷作三十卷未知孰是類書中竟罕徵引無可攷矣余惟陽氏譜系託於雍伯遠脈難徵自士倫以忠清簡毅篤行義烈為盧諶所推實延世澤於由替一家之學實為北燕大宗景文尼撰字釋未就而卒從孫承慶撰為字統子烈

牒之亦撰有韻略一卷見陸慈切韻序舊唐經籍志是深於小學也子致弟俊之子碌

璮父子並修聖壽堂御覽兄弟姊姪並預文林館子致又輯閨詩

是長於編輯屬書也敬安國有集三卷子致有集二十卷舊唐作二十卷此從

書北齊俊之亦自稱有集十卷陽五伴侶賣書者稱為古之賢人是優於文元案叔有集十卷

辭也景德傳則曰涉獵經史藻叔高傳則引柳下惠則可吾不可之說

以非筆偽請輕搖薄賦動恤人隱以散苑圃均見風采非不學者所

能也惜今諸集與人物志俱佚矣余僅輯字詮一卷略識慨想而已一字詮本二

十卷

敬安有判說痕孽辭二詩見本傳吾鄉之人例陳於議亦具人類比

方孤真之跋

初二日晴

遲再同來坐閒甚復着青衫書

李貽德有賈服注輯述余取馬氏輯佚補之復取馬李所未及者得若干條既為附存矣因取南史儒林傳涉及服杜者錄之以資攷核

崔靈恩清河東武城人 靈恩先習左傳服解不為江東所行乃改說杜義每文句常申服以難杜遂著左氏條義以明之時助教虞僧誕又精杜學因作申杜難服以答靈恩世並傳焉 僧誕會稽餘姚人

沈不害字孝和吴興武康人 自梁代諸儒皆以賈逵服虔之義難駁杜預凡一百八十條元規引證通析無復疑滯

北史儒林傳

李崇祖字子述上黨長子人 姚文安難服虔左傳解七十七條名曰駁妄崇祖申明服氏名曰釋謬

劉晝字孔昭渤海阜城人 就馬敬德習服氏春秋通大義

馬敬德河間人 張思伯河間樂城人善說左氏傳為馬敬德之次當是服氏 撰刊例十卷

劉炫河間景城人 自為狀 服杜註堪講授

初三日晴

陳雨人来午後約李蕢臣代招章仲瑋孝廉為館師

春秋左氏解詁三十卷賈 解誼三十一卷服 杜服注十卷殘缺服杜

音三卷梁有春秋釋訓一卷賈 春秋左氏經傳朱墨列一卷賈

左氏膏肓釋痾十卷服 梁有春秋漢議駁二卷服撰今亡 春秋成長說九

卷服 梁有春秋左氏達義漢王玢撰亡 按此書附于服下不知與服同否無可考 春秋塞難三卷服

賈服異同略孫毓五卷 以上隋志唐略同

左氏正義序今為義疏者沈文何蘇寬劉炫 蘇氏全不體本

文唯旁攻賈服 蘇疏隋唐全不著錄

按馬氏就右疏韓蘇疏一卷並片言隻義不見旁考之迹矣

初四日晴

曹靖臣來午後劉子進碩曝民來談得允言書聞再同初一始赴程明日可到矣

晉劉琨傳琨伯父訥子疇字王喬曾避亂塢壁賈胡百數欲害之疇無懼色援笳而吹之為出塞入塞聲以動其游客之思羣胡皆垂泣而去之此即異匿彈琴之風尚為近理劉琨傳在晉陽嘗為胡騎所圍數重城中窘迫無計琨乃乘月登樓清嘯賊聞之皆悽然長歎中夜奏胡笳賊又流涕歔欷有懷土之切

向曉復收之賊並棄圍而走殊類兒戲此不應先後兩事同病

劉氏明是琨事同王喬附會也新晉書采之可謂無識

初五日晴

侵曉偕冊迎送舟同行三里許相遇過而帚之舟同瘦弱可憐

舟泊錢橋下至暮始還署中陳兒亦往論印隸

金源一代遺風未華儒術至衰修史者立文苑傳而無儒林致之既

矣辛楣先生補元史藝文志稍稍遺金以來著述始得附見約

而論之如趙閑閑秉文有中庸說論語孟子解易叢說其學實及

諸子晚遁於禪然固五朝文宗也楊之美雲翼雜周禮補新

麻二其次美文藝傳中如馬子卿定國茌平則有六經故一卷王從之若虛藁城則有五經辨惑四書辨惑二卷尚書義粹二卷是宜刻為儒林傳以存一代經學之盛者也小學則韓孝彥五音篇廿五卷韓道昭改併五音集韻十五卷與張天錫趙昌世之草韻十冊鄭昌時之韻類節事儀注則如張行簡之禮例纂一百二十卷張暐等之大金集禮亦宜附焉至若李純甫之中庸集解援儒入墨麻九疇之學易從流忘源則不能闌入庶之稍存崖略欲安之全學派比元則不足比遼則有餘似不宜以文藝為名沒經生之源根史家之例也臣謹案零略亦宜入之臣大開同知集賢院

歐陽文忠作五代史以譏錢氏太切至錢氏騰謗詆以帷薄不根之語
今更放得一事遼文學傳劉輝壽隆間上書以歐陽修編五代史
附我朝於四夷妄加醜毀且宋人賴我朝寬大許通和好得盡兄
弟之禮今反令臣下妄意作史臣請以趙氏初起事蹟詳附國史
上嘉其言昌黎不願秉史筆諱哉廬陵特本南以北為索虜北以南
為島夷之例耳五代之季石晉亟稱契丹為父皇愈夷狄之中國
乃愈學也

初六日陰

合肥往唁再同約花農來議南行趙翰事午後過再同薄暮踈閱

甚飲酒微醺

初七日大風雪

雪甚大因風均入階下積至盈除重裘猶粟以炭一甌送再同

夜得九弟書

王從之滹南詩話史舜元作吾舅詩序以為有老杜句法蓋得之矣而復云由山谷以入則恐不然吾舅兒時便學工部而終身不喜山谷也若虛嘗乘間問之則曰魯直雄豪奇崄善為新樣固有過人者然於少陵初無關涉前輩以為得法者皆未能深見耳從之舅周德卿嘗句法二字乃山谷拈出者學杜不可不知句法

此後以句法求杜則失之矣從之詩話三卷譏訕山谷者幾居其半則失之過矣元裕之云論詩甯下涪翁拜不作江西社裏人斯平允之論矣

初八日晴風止

晨起以再同久病飢弱送之五兩以盡戚友之誼辰初發三岔河午初由新裕南征戌正至大沽候潮西北風急不能行

臨漢隱居詩話王元之橄欖詩云南方多果實橄欖稱珍奇北人將就酒食之先顰眉皮核苦且澀歷口復棄遺良久有回味始覺甘如飴蓋六句說回味歐陽文忠云甘苦不相入初憎久方知極快健也勝前句多矣佩綸案東坡亦有句云待到餘甘回齒頰已輸崖蜜

十分甜此翻元元意也三作當以永叔為準成然亦各有其際遇矣

朱竹垞有懺悔詞極細膩然無甚寄託

查氏水西莊之名幾与水繪園玲瓏山館南北爭長在雍正年求其遺址言人人殊可歎也舟中閱蓮波詩話云查浦老人以康熙庚辰年正將眷居于斯嘗与趙秋谷姜西溟替元彥莪芝朱字綠士劉大山巖肇域飛觴殆無虛日敘遊園曾有留別詩梅雪峯等金羅宸後亦來于斯嘗為之文讌宴更以莊中所種紅蔆分賂萬信天丘菊張少儀鳳蓀萬張詞有詩蓮波以有刻業在西園海棠十月盛開補徵題詠想見當日驛通賓接賓醻詠之概

初九日晴

巳潮為西北風所阻水纔八寸餘舟仍不行登舟頂迴望大沽形勢

屹然誠天險也過舟同談見其微有倦之意少坐即辭深悔行

篋携書太少枯寂無憀閒日理杜詩片刻已薄暮矣沙鷗

飛翔海天一色望之曠然意遠夜潮南發

初十日晴

申酉間過成山

史記封禪書八神七日日主祠成山成山斗入海注成山在東萊不夜縣

子虛賦齊東陼鉅海南有琅邪觀乎成山射乎之罘張揖注在其

上築宮闕也朱蘭坡以觀即觀於轉附朝儛之觀張說未的余往來海上均以夜過成山未觀其形勢大風雲日斜亦無在目無論祠闕之迹不存且不載土之山近遇於荒榛亦不足以騁修觀不及之罘遠甚疑不能明也頗思以日祠之說證之當從齊地記所云古有日夜出見於東萊故萊子立此城以不夜為名殆舊於此山為觀日之所放舟中無書錄當校之漢書郊祀志成山最居齊東北隅以迎日出云始皇二十八年登之罘立石二十九年登之罘刻石三十七年至之罘射巨魚封禪書所謂陽主祀之罘也漢武踵秦政之迹亦登之罘浮大海而還疑即大煙墩也

十一日雨東風有浪

夜半水霧作篤長誤以甯波山為查山至是晨日出始離之

十二日晴

由鎮海折回至上海已未初矣寓再同於廣肇公所余仍居舟中

十三日晴

延費繩武為再同一診據云肺經已損痰不可為矣勉立一方而去

為之悶損為洗子梅至書肆買得叢書數種作致孝達書

時鄭弁已到伯潛之筆有擇地相見之約至滬頗思留之而滬

上淫穢喧雜不可久居遂以一書明致語如細之故八弟留滬撫院衛替回

杭矣繩武名承祖

少日所見以馮注義山詩文見贈余之稍治義山始此而頗嫌馮注之繁瑣沾滯中年久棄之矣偶於肆中購徐藝初昆仲文集注姚平山詩集注閱之姚注較分體之道長徐稍改原編之舊然實便於披覽視馮之強分次序者已勝矣詎謂後來居上哉同日又得秀野草堂溫詩注二板紙均佳

飛卿與玉溪並稱格力不逮遠甚其西陵道士茶歌結句云疎香皓齒有餘味更覺鶴心通杳冥李之所以勝溫者以有餘味而以通杳冥耳善品詩者必能辨之

新唐書庭筠大中末試有司私占授者八人執政鄙其所為授方山尉舊書構收怨之狀為方城尉全唐詩話宣皇所微行温不識龍顏傲然詰之謫為方城尉之說不同如此疑舊書為得實醉而犯夜為虞候所擊至於敗面折齒乃訴之令狐綯綯卻固非以狀令狐更遜太守殊殺風景矣令之輕薄少年正恨少此虞候一擊

十四日晴

載之自蘇來本擬赴滬相遇於舟中留之午飯晡談飯後送之舟同至滬過舟中少坐至夜分以往名為生離卻同死別殊不可為懷也復與載之夜話此其深附之行夜半江海兩舟並放矣終夕展轉不能

成森

戴戴偶以牙杖問余曰世名牙籤亦有本乎余曰陸雲與兄機書曰有剔齒纖一枚以寄兄即此之謂也高似孫緯略又引酉陽雜俎云仙人鄭思遠常騎虎故人許隱齒痛求治鄭拔虎鬚及熱插齒間即愈更拔數莖與之所謂鐵者當是此類若以金類絲類為之無足奇者何必寄耶余案心鐵也此必木刺藤刺為之故曰鐵若金銀之類則後人援以為飾並以錦匣盛之則宋時已以金銀剔齒矣

十五日晴

夜渡黑水洋波平風靜月色劇佳

張思光作海賦以示顧凱之凱之曰此賦實超木元虛但恨不道鹽耳融即求筆注曰漉沙構白熬波出素積雪中春飛霜暑路此四句後所足也余謂此四句賦鹽則甚工賦海則已細微於全篇無所增損而思光之賦較之元虛氣象實不能及宜昭明選本而遺張也更有庾闡之賦則更失之晦矣海本難賦以畫壁之深諱而覽海賦亦甚尋常以子桓之英逸而滄海之賦亦虛瀾不盡蔡之覽海游孫綽之望海寥寥短幅無函蓋之勢翻有窘構之誚豈特賦之思拙於公者哉

十六日晴

戌刻至煙臺卯之衆也亥正複行登舟頂望月

義山詩須深於唐事者得其用意之所在馮注恨以牛李黨横梗胸

中遂篇篇無非爲令狐而發何其淺陋也宮中曲欲得識青天昨夜

蒼龍是此以漢諱唐事喻大中鄭太后本李錡妾也視杜秋詩尤隽

雅不露且與莫愁操亦已可傳斷華軒奈觀寄繫無窮矣

十七日晴

未刻至大沽潮平載重不能入港也酉刻合肥所遣快馬輪舟

至月中放櫂子正丑初始至署中

允襄允楚赴州小試允淑隨其壻田福山明經和十過滬得允言書

觴渠書

玉谿井泥詩以拙晦為妙胡震亨謂元微之古風若蕭梅悵惘講

道語着魔不謂此趣上六段求之程午橋曰劉孝威鶯鶯謠豈日井

井泥一詩作法歷詁意本唐馮孟亭則以為文宗崩武宗立楊嗣復

遠斥江湘李德裕由淮南入相之時語頗雜拉尚有線索可尋其說

其詩云堯得舜可禪不以瞽瞍疑禹竟代舜立其父吁咈哉嬴氏

并六合所來由不韋漢祖把左契自言一布衣當塗佩國璽本乃黃

門攜長戟亂中原何妨起戎氏不獨帝王耳臣下亦如斯伊尹

助興之不藉漢文賓稽疑老鈞寶坐為周之師唐鞠志默傳實疑
定傾危之長沙碓封志嵩是出程姬帝問之人翁有自責陳兒
武昌昔署于老黃為人妻蜀王有遺蹤令祇林中嘯誰與難祇
業翻內史中飛以馮說來之止泥於褐妃水藥之讓與意以禪代
喻弟兄相及誰尚指衛以亦不甚切以余意說之躍之樊川杜秋詩
固旨譏為太中初年作鄭太后本李錡妾杜云光武紹高祖本係由唐
光邪此所云長沙碓封志嵩由程姬也而言顧氏并以余所未甚不喜
則護更咄之蜀謀誰難以武帝上賓皇子邪優與黃門構相足
以危優之之策謂由宦官耳宣宗以令狐楚用綯為文賓而進則

及之曰如伊尹者當如漢法以文任白宦耶庚光本稱姬姓光鄭六部太后侍光不爲精切

錢索樞爲分明視碼說亦較妥也

十八日晴衣易綿

買得洋燈一對於夜讀甚宜洋燈黃華氏獨雅樸且靈便也費任

花農詢來

溫公一代正人元祐新政天下後世翕然稱美顧其學術有不可解者如

孝經則信古文篤好太玄而疑孟作資治通鑑則帝魏寇蜀程氏遺

書謂溫公能受人言儘人忤逆更不怒便是好處冀如東坡之事

差役溫公果能受言而不怒乎

十九日晴

胡金良駒赴清豐局以舟同病狀告伯平

劉真長王仲祖共行日旰未食有相識小人貽其餐肴案甚盛真長辭

仲祖曰聊以充虛何苦辭真長曰小人都不可與作緣六朝人能作此語殊有

意也

宋鄭樵名世姓氏書辯證引孔至姓氏雜錄曰唐初嘗清河張有乙門又

曰唐張大師延師儉師兄弟三人並列戟時稱三戟張家又有張沛

張洽張涉兄弟三人同時列三戟又開元中張說張嘉貞同時入相互為

中書令時稱大張令小張令

二十日晴午後微陰

得孝達電再問十八到鄂擬留之就醫並嘱不可為矣寄廉生書告之又寄八弟九弟復書午後皞民來談

李衛公相業余所心折顧其筆記留賈充論頗謬其畧曰記豈悅賈充哉良以愛君體國救于亂謀耳晉氏傾奪魏國初有天下其將相大臣非魏之舊臣即其子孫所寄心腹惟賈充而已充亦非忠于晉者自以成濟之事為晉室當同休戚此筆記所以顧留也昔漢高不喜呂后亦進于時實以惠帝闇弱將相皆平生故人俱起豐沛非呂后剛強不能臨制所以存之為社稷也後世冀戴宮

君者得不念乎此哉業充族成濟加刃高貴鄉公之弑君首惡
就晉言晉始負謀論武帝既移當塗之鼎自宜黜佞尚賢為經
國遠計任愷庾純剛直守正疾充如仇說帝令鎮關中實晉之忠
謀也其時魏之舊臣如王祥裴秀輩亦已前卒即存者亦皆甘心二姓
既無興復曹魏之力亦無興復曹魏之心魏之子孫在當日尚如
禁錮在晉初更若單門寒賤一充居中鎮東所言殊亦切事
情矯為此語實素黨於充又逆料充為晉謀臣於漢藩固故
密為迎合之計以遂其交通之私充請齊王即是報賜其賤宜
因情不為顯著與荀勗勸充連婚偽定同一黨蔽而武帝不

悕陵充以嶔、成、濟用典午之基充女即以弒楊后懇懸悵喪典午之業天道好還假手於充之之女子以示顯應禍折群絕嗣可謂畏氏之孱而不能欺禍善之天衡何以稱焉

二十二日晴大風

午後萊子晉子來扶櫃至僞壇寺帀送之

西陂年謚康熙二十四年乙丑以事過遵化煉泉之在城東北隅文康嘗築亭與容若泛舟後以地震泉涸余至泉再湧出都人士驚喜建堂泉上余題曰來泉賦詩刻碑置堂側出今州牧陳以培修張斯堂州人以堂成之日己丑遵屬中四進士為瑞眠見以

哉

二十二日晴

作樂山六十生日壽詩三十韻香濤前輩嘗謂余勿作五排體近俳俗故自己卯奉命十二年未嘗作此體矣壽詩不可存稿晦若慫恿為之殊不愜意也壽聯則晦若代撰

睪氏以吉林公牘二冊送閱我　朝以黑龍江吉林開國而寧古塔之後視若園之幽邃不設民官康熙年間已有羅剎之患即俄羅斯也自明誼定約黑龍江已半入於俄光緒初年因伊犁搆釁余與香濤謀以此經畫東方故有清卿幫辦吉林之命適欽鼎臣請今閣

敕錫保道府州縣各一員赴吉林差遣　旨令合肥保送余薦暉氏而他道員亦憚遠荒推此以暉氏及李守金鏞員知州啟章查令宗仁應而員查送來往地銘吳間有齟齬暉氏頗能調和之故後州縣而暉氏拜分巡吉林之命稍稍規久遠矣而清卿知幾其請以所部防近畿當前敵遂去邊庭時局阢隉暉氏亦不安其位而三省練兵之大臣新命以下東顧甚勤而邊事日壞吁

二十三日晴

漢光武不用功臣然王霸元伯守上谷二十餘年祭遵弟孫之從弟彤在遼東亦三十餘年彤後以逗留畏懦下獄免其本非元功元伯從帝願隨麾

從德稱飛壁殆與馮公孫燕亭相似其在北邊攻盧芳從飛狐道築起
亭障自代至平城三百餘里又陳委輸可從溫水漕以省轉輸之勞
久任邊方厥效甚著亦足稱矣
魏志楊阜傳明帝著繡帽被縹綾半褎阜問帝曰此於禮何法服
也帝默然不答半褎疑即半臂

二十四日晴

旨以陶模為新疆巡撫張岳年為陝西布政使沈晉祥為甘肅布政使孫
楫為湖南按察使浙人三東人一毅齋丁祖母艱也
新疆既復左文襄踵前議奏設郡縣毅齋識力可謂偉矣惜規模

未定矣蓋以俄事內召其後朝邑長户部務崇節儉初欲嚴郡縣之議余力爭之而止然裁省兵餉章程東傳一摇手不得矣余嘗回部議平時曾有安田一疏其時年少氣銳或涉難事易言文蓋請試辦於察哈爾則未知近邊牧政之重與控制西域地同勢異且八城地廣人稀無民何以設吏無田何以聚民似屯田之策終不可廢況余撰新疆私議云四城（謂庫車布古爾哈拉沙爾皆漢屯田之地不待複舉）屯政既舉即當舉西克蘇以東之田回部者安西關內之藩籬四城者又回部之藩籬今當實阿克蘇以東諸城以待四城不復即當實安西以東諸府州以待回疆不復斯言誅矣（四城指喀什噶爾葉爾羌和闐英吉沙爾今日之急煤鑛各廠亦可並舉也）

二十五日陰

遣陸宣赴癸罕為樂山祝壽

齋中書籍縱橫廿二日盡去客次林几以書箱十列於東壁增書至二千卷今日清暇督僮輩整比之頗覺心地明朗矣

讀晉書一卷列傳五十五　劉毅初預義旗功居宋武之次史稱其深自矜伐不相推伏洎其敗禍之由然始以義合謀終以勢隙未推原其隱宋武志在篡晉毅自不能首同史頗謂其忿躁憤激恐不盡也觀何無忌為毅不平毅作自引咎毅非不能通遜者其赴江陵請加督江廣以輔郡江州兵及豫州西府文武萬餘所謀蹤蹤相通裕於營建

大業自不能光〻强藩當此〻時非族殺戮即殺戮後是亦危矣〻〻一木難阻〻〻一蕢也史稱其嘗云恨不遇劉項与〻争中原又謂郗僧施曰昔劉備〻有孔明猶魚〻有水深〻感悉其後徽不遂吁亦身敗〻後誣譏〻言夫被殺者不臣頑以不臣罪殺乎在宋臣秉筆作晉書時旨宜亦而屠臣乃踵其謬憾本加申理何敢

酉刻得鄂電再同於二十四日酉刻下世慘哉

二十六日陰大風

枯坐念再同俠腸篤行其以會典積勞似梅聖俞去年嘗以目況竟成讖語彌可痛也晦若来少坐即去

直齋書錄解題李義山集八卷樊南甲乙集四十卷唐太學博士河
內李商隱撰商隱令狐楚客開成二年進士書判入等從王茂元鄭
亞辟二人皆李德裕所善坐此為令狐綯所憾竟以坎壈以終甲乙集者
皆表章啓牒四六之文既不得志於時歷佐藩府自茂元亞之外又依
盧宏正柳仲郢故其所作應用若此之多商隱本為古文令狐楚長
於章奏遂以授商隱然以近世四六觀之當時以為工今未見其工
也業直齋論玉溪家允令狐綯在武宗時衛公並不以黨疑之義
山安能知其父子之黨牛李而惡衛公乎及大中之世因與武宗有
隙波及朱崖而綯斂中丞望風旨入井下石推波助瀾既以衛公而

及鄭亞後以鄭亞而及義山此非義山之忘恩者今乃令狐之反噬忘才也馮浩乃義山罪人余既於去年辨之復因直齋之言漫識於此

二十七日清明晴

晦若及其弟淵若來名式棱淵若書法英健文筆暢達余甚賞之

栗山延壬來訊昨日由杭到津也得朱子涵書

直齋書錄解題李衛公集有兩本一曰會昌一品集二十卷別集十卷外集四卷一曰李衛公備全集五十卷年譜一卷摭遺一卷四庫所收惟一品集備全久忘矣解題云備全集比永嘉及蜀本二十四

卷之外有姑臧集五卷獻替記辨謗略等諸書共十一卷知鎮江府江陰耿秉直之所輯並攷次爲年譜拾遺姑臧集者兵部員外郎陳今倬所集前四卷皆西掖北門制草末卷收黠戛斯朝貢國及歌詩數篇其曰姑臧未詳衛公三爲浙西出入十年請從京口啟秉刻其集余思補輯其年譜稍得長慶寶曆長之時好〻未暇也

二十八日陰

復子涵書得高陽書詢余送再同之故作牋復之皞氏叢談魏以疏忌宗室亡晉及鑒其弊大封同姓而八王之亂晉織遂衰然東晉

所以任宗室也謝安石既薨以會稽王道子總録揚州朝野奔隳於是寵以賄遷政刑謬亂用度奢侈下不堪命世子元顯繼之於是謀奪其權於是孫恩外逼之恭因據內桓元乘之以起劉寄奴以興往為晨遂取典午之禪實會稽父子釀成禍階也夫親賢並植則安務可成之要而用宗室不知宗室亦非善不可漢用東平則治齊用曹冏則慕何常之有世之謀國者當兢兢焉勿以宗室為必可恃也

二十九日陰有風

借觀雲楣所藏北宋搨聖教序自是以魏心渾然超上皆缺乃伊墨卿藏本有潘三松阮芸臺唐陶山郭蘭石跋郭云此孟慈有北宋本即此

無少差池所見無能鼎足者乃前朝庫裱脩墨均舊姚姬傳書一
行於磨字〻側立似三為二壓瘦蘭亭有此云　聖意不泐偽字亦不泐　校鑄本右滕本王孟陽
題〻識〻遺失

三十日晴煖

李子木來時東撫奏保送部引見午後答裕如送行淵若蘇赴
察罕復往送之寄樂山書以百元寄戴〻
觀王孟端溪山漁隱圖有乾隆　御題嵇璜〻董誥彭〻梁國治〻豐彭元
瑞和作惠山聽松庵性海編竹成鑪以倪高士為繪圖旋流而鑪
毀圖亦虛懸明顧梁汾得圖錄〻乾隆間知縣邱連借觀〻

親上命補園還廣以以此券賜焉今廣址已爲淮軍昭忠祠而秦緗業

得御繪其族弟恩延曰此圖將以達山房帖　御題云田園

回孫而秦氏此云一圖亦〻詳也此爐圖有吳跋此圖亦有厲博跋

五月初一日晴

裴至亭景福顧見情殷晦若爲〻通意因訪晦若齋中見之

乃通州知州裴大中之子字伯謙己卯舉人丙戌進士喜收書畫刻有

壯陶閣帖惜顧者阿夫容鼓觀政尸曾至大不應官也裴視鄭中

書目勝一籌

漢書禮樂志今叔孫通所撰禮儀與律令同錄藏於理官法家又復

本傳漢典寖廢而不著氏臣莫有言者文通證之後河間獻王采禮樂
古事稍稍增輯至五百餘篇今學者不能昭見但推士禮以及天子
說義又頗謬異蘭臺修史竟未見河間所輯自非孫所撰之為異
也按後漢書曹褒傳章和元年正月召褒詣嘉德門令小黃門
持班固所上叔孫通漢儀十二篇敕褒曰此制散略多不合經今
宜依禮條正多使施行於南宮東觀盡心集作故夫撰議國以
為陋夫漢儀創自叔孫而曹褒亦知其不合禮經而補其風況獻王之
於廷以稱之於史若贅款不足者宜頗當世以重固者為葉公之
好龍也 肅宗謂曹褒曰公愛班固而忽崔駰 此葉公之好龍也

初二日晴有風

馬勇自鄴回得孝達廿二日書

能改齋漫錄太宗親征北狄直抵幽州俄夕大風軍中虛驚南北兵皆潰散惟高瓊隨上上怒諸將不赴行在欲行軍法高奏曰夜來出不意諸將若知陛下所在豈陛下之福耶上情皆釋之高之門出太皇以為有陰德之助余謂毋儀如宣仁皆不得謂無積累如執事為陰德非失之陋即失之誣矣

初三日陰

得菁彬書撰再同一聯寄本甫 異識許三秋謂詩人少賤多能 梅都官來索書敢頌以蓋儀

期死友送材才十日嗟孝子遭憂悴篤徐驍騎竟因毀卒云餘
徑筍付孤兒

坦齋通編春秋書夏五郭公人皆以為闕文夏五固無可疑至郭公
胡氏以為郭亡蓋齊滅有郭何讀亡之間故以公為亡疑是亦於梅春
秋書有蠹有蜚謂昔無而今有也至於郭之一字傳文宜衰之世凡
六書之而無他說恐郭公亦止是一物耳嘗書之以記異耳本草有
穀江南呼為郭公豈此物耶業說經如此殊不美也 邢凱著

初四日晴

復孝達書

東都事略呂惠卿傳西鄙用兵劉平死于陳黃德和誣平降賊詔

腰斬德和議者以朝廷使宦者監兵主帥節制不得專故平失利乞
罷監兵仁宗以問承簡承簡曰不必罷但擇謹厚者為之仁宗委
承簡擇其人曰臣待罪宰相不與中官私交無由知其賢否願詔
押班保舉有不職與同罪仁宗許之翼日都知押班叩首乞罷監兵
士大夫嘉承簡之有謀余謂監軍為害自唐已然仁宗因言者之請
欲罷宦寺兵權實為美舉承簡既為宰相便當敷陳古今宦寺之
弊力主罷之乃請擇謹厚為之陽奉陰違殊為巧猾卒而仁宗之意已
堅押班亦以屬才畏罪請罷設上以遷改奄黨益堅承簡亦如秦
越之視身所以然者承簡之罷令素所厚內侍都知閻文應詞知

郭后之諫藉以報汝方陰感內侍之不暇何敢貰此大計取怨中宮閹
者模棱狡詐之說事成則居其名不成則不受其禍所謂中飽大官者
干事者也

初五日晴有風甚寒復御灰鼠裘

孚涵寄聖教序一冊是宋搨而不精復有實際寺碑僞搭聖教序均
是舊拓午後吉雨帆自都引見來津

真宗疾久艱於語言諫丁謂傳內侍雷允恭裡謂敢留正罷之相悍橫極
矣仁宗自嘉祐元年有疾暴感風眩雖月餘告痊而范鎮建儲之策即
入意風疾必不能盡瘳五年之中似精力已衰遂致同溫公上疏盡屏內侍與今

御藥侍臣四人及扶侍立殿角以備宣喚則病狀可想矣英宗四年目在病中殆亦委靡不振三朝因循若此至神宗發憤為雄又以新法進小人安得不亂令每以嘉祐治平為治世猶宋人之工於粉飾耳

初六日陰

元豐之政壞於呂惠卿紹聖之禍啟於章惇崇觀以來之謬尋極於蔡京三人者閩產也其尤異者惇卿如此而皆有文學皆方子大年福善禍淫之理殊不可憑惠卿以奸佞之材因鄙素備也惠卿年八十惇年七十一京亦八十京之書與坡谷齊名惇之文字亦僅與坡公時有倡和而惠卿亦有莊子解十卷文集百卷天予小人以才殆厚其毒以為亡宋之具耳惠卿以子淵亮

張怡蓀鈇言不以晝坐責鄂州團練副使繞以觀文殿學士醴泉觀使致
仕惇貶雷州未幾内徙改湖州㫖平視呂微仲之死於道中劉莘老之
卒於貶所轉有曉景優閒之福是以國夫蹤壽之難也故子罕言命

初七日晴

汪贊過境合肥酬答甚勞余校霞餘明頗以書畫為怡性遣閒之
具校董史隱閒者之福多矣

禮記緇衣篇子曰私惠不歸德君子不自留焉注私惠謂不以公禮相慶
賀時以小物相問遺也言其物不可以為德則君子不以身留此人也相惠
以褻瀆邪僻之物是謂不歸於德歸或為懷疏君子之人不聞留之意於

此等之人業注云疏解留字小異而皆未當也自用也書舍諸鄭注留止也說文私患不

蹊德君子斷不用此而留之不目私患而留也惟不輕受人之私患故不為人之私人盡

子無處而饑之是貸之也焉有君子而可以貸取乎正是此意

康成先習韓詩後箋毛詩謂下毛詩最古禮注已行不及追改並緇衣引彼都

人士之詩注云此詩毛氏有之三家則亡是注禮時已見毛詩也

初八日晴

得九弟書夜即復之辨正此日未暇校管頤禮覽閱喪

晉書王戎傳以母憂去職時和嶠亦居父喪以禮法自持量米而食哀毀

不踰於戎帝謂劉毅曰和嶠毀頓過禮使人憂之毅曰嶠雖寢苫食粥

乃生孝耳至於王戎乃為死孝陛下當先憂之帝賜藥物斷賓客世說新語亦載其事謂王雞骨支牀和哭泣備禮晉陽秋云世祖及時談以此貴戎按戎傳則云不拘禮制飲酒食肉或觀奕棊而容貌毀悴杖而後起夫飲酒食肉雖喪有疾之禮也觀奕則非禮矣仲雄之言本允陳壽在蜀以父喪使婢丸藥鄉黨以為貶議至入晉沈滯累年夫貴人則觀棊得死孝之名寒畯則丸藥蒙不孝之謗豈不異哉

晉書八十二卷陳壽等十二人列傳十一人皆史才惟王長文著書四卷擬易名曰通玄經與承祚諸子不類而亦廁名其間殊無例法

初九日晴

法書要錄所載婦人能書姓名偶撮錄之

蔡文姬 蔡邕授神人筆法於崔瑗及文姬 又見書斷 甚賢明亦工書

衛夫人 文姬傳鍾繇繇傳衛夫人 李嗣真上下品 張懷瓘蔡之等 書斷入妙品

左姬 王愔文字志在賈逵之後許慎之前

皇甫規妻 扶風馬夫人見書斷妙品 有才學工艸書

謝道韞 李入中下品 亦見書斷 有才華亦善書甚為舅所重 神品

李夫人 李入下上品 在袁崧後謝朓前

王羲之妻郗氏 甚工書 神品

郗愔妻傅氏 善書 妙品

王洽妻荀氏 亦善書 妙品

王珉妻汪氏 疑是江氏 妙品

孔琳之妻謝氏 亦善書 妙品 以上書斷

陳煬帝沈后 吳興人君理之女 字婺華

唐則天后

劉秦妹馬氏妻 劉秦乃翰林書人 以上見竇臮述書賦

初十日晴

李義山風雨詩新知遭薄俗舊好隔良緣何義門評云新知謂茂元

舊好謂令狐也馮注因之且曰遭薄俗者世風澆薄乃有朋黨之分而怨及我矣此解殊謬姚君山謂新知日薄而舊好日睽得之新知遭薄俗即杜陵晚將末契託年少當面輸心背面笑此必義山罷桂府還都後之作新知指桂薄少年舊好則迴思往事感慨係之其起句淒涼寶劍篇羈泊欲窮年意自在明茂元乃其懿密姻不應以為薄俗也如馮注則當云舊交遭薄俗矣 還都二字衍

史記孟荀列傳附見三騶子家有見其傳騶衍云騶衍後孟子睹有國者益淫侈不能尚德若大雅整之於身施及黎庶矣乃深觀陰陽消息而作怪迂之變終始大聖之篇十餘萬言其語閎大不經必先驗

小物推而大之至於無垠先序今以上至黃帝學者所共術大並世盛衰因載其禨祥度制推而遠之至天地未生窈冥不可考而原也先列中國名山大川通谷禽獸水土所殖物類所珍因而推之及海外人之所不能睹稱引天地剖判以來五德轉移治各有宜而符應若茲以為儒者所謂中國者於天下乃八十一分居其一分耳中國名曰赤縣神州赤縣神州內自有九州禹之序九州是也不得為州數中國外如赤縣神州者九乃所謂九州也於是有裨海環之人民禽獸莫能相通者如一區中者乃為一州如此者九乃有大瀛海環其外天地之際焉其術皆此類也然要其歸必止乎仁

義節儉君臣上下六親之施始也濫耳王公大人初見其術懼然顧
化其後不能行之是以騶子重於齊適梁梁惠王郊迎執賓主之
禮適趙平原君側行撇席如燕昭王擁彗先驅請列弟子之
坐而受業築碣石宮身親往師之作主運其游諸侯見尊禮
如此按騶子之學如迂怪而非迂怪今日驗矣秦皇漢武若見其
書可悉方士神仙之謬說史遷微意在此吾喜其縱論九州既可
破近日拘儒以正心誠意攘斥之陋習而歸本於仁義節儉又可
藥近者時尚酬款恒舞交義夏之侈而坐特戰國王公大人不能
行邵子之說行世惜而偉矣疑山海經即是騶子所撰惜欲校

錄時未深攷又其術大要出於管子居民上下之親皆管子之偏某也

十一日晴

伯平以卓異入都引見過津見訪與談再同身後相對淒然午後歸

良來談

桑宏羊孔僅興鹽鐵之利設鹽官者二十八郡設鐵官者四十郡文獻通考已摘錄之常山郡蒲吾有鐵山疑亦有鐵官之誤漢志於金銀銅錫皆詳所出而於鐵官尤詳因由桑孔奏置鐵官之故實以五金之利惟鐵所用最大地理志於鹽鐵猶詳自魏書地形志攘變班志之例於因革損益之外旁及廟祠冢墓而五金之產略焉使讀一代之史

於一切之物產貨其徒列食貨一志不甚明悉蓋課國之法略矣非
託地之例略清也唐鄭有鹽鐵使大氏詳於鹽而略於錢通考歷代鹽
鐵之卷於鐵官採擷太少讀史者宜以五金清其列為一表自山海經始
下及各史唐宋古今治外之政瞭然在目庶財貨之流通以時為權衡爾
惟輕重放 晉志撰於唐在魏之後

十二日晴暄復御袷衣

雪樵岱東嚴大先後至午後答伯平晚訪伯鶴巢子還書

讀隋書誠節傳頗有疑義其實與晦若縱談晦若言燒帚之於其文直

楚商臣蔡般之流漢王諒以諮議王頍之策發兵討廣復君父之仇

匡弑逆之罪實義師非作亂也皇甫誕乃以君臣位定逆順勢殊諫
諒叛囚後以楊素將至與主簿豆盧毓出之獄中閉城拒諒為諒襲擊
過害此實揚廣之逆黨非隋室之諍臣也而無忌作傳率更書碑
推許不遺餘力殊可怪也至唐高祖起兵太原副留守虎賁郎將
王威虎牙郎將高君雅疑有異謀因禱雨晉祠以圖高祖為
高祖所覺殺之隋虎牙郎將宋老生死於霍邑以拒唐為太宗
所斬此實隋之忠臣而誠節傳摒不錄之將以為有所諱則堯
君素有傳何以遺此二人也止為唐諱猶可為廣諱則不可
蓋自六朝禪代相尋史何大蒙於君臣大義忠孝嘉名不免倒

置失實耳 王頤儒傳作頌

十三日晴

章仲珅来自績溪往訪之伯平關行篆鈐韓驊齋兄弟扶子樸丈

及朱夫人柩回浙至河干而言帶至初四年由吳橋來

韓太傅作詩內外傳漢書云燕人以徐梁傳改之無復舊為燕郡是在

北平郡嘗為燕郡矣偶閱太平寰宇記鄚縣有韓嬰冢即太傅也

毛公之墓在河間獻縣而太傅之冢無知之者矣當以韓詩之佚至

是而遂不顯耶鄚為漢之涿郡故漢書又云司隸校尉孝宣時涿

郡韓生其後也司隸校尉蓋寬饒見涿韓生說易好之即更從爲夫

以據生系涿郡，則太傅非涿郡人，不知其由燕郡遷於涿郡，墓不必在鄭。

十四日　午後陰，大風，夜雨甚爽。是日奉旨李　督辦，倚性裕祿會辦，部撥二百萬為一年興造工本云。

延仲璋課兩兒，辰正開館。午後慕韓來。

曲禮下：天子以犧牛，諸侯以肥牛，大夫以索牛，士以羊豕。注：犧，純色也；肥，養於滌；索，求得而用之。佩綸案：宣二年左氏傳：齊人使臣與子賂夙沙衛以索馬牛皆百匹。杜注：索，簡擇好者。杜注不以鄭注釋左者，以求得而用之於彼情事不合也。余疑索牛即特牛。廣雅釋詁三：索，獨也。有特意。周禮秋官掌客：卿膳特牛。故祭亦以特牛。雜記云：上大夫之虞也少牢，卒哭成事祔皆太牢，是也。言特牛以別於士之羊豕、天子諸侯之禮選純養滌，大夫自不能用之。

十五日晴

李傅霄大令來時署天津縣事晚因道招飲拉畢氏作陪其意謂

十年作山長則赴之六年辭山長亦不能不赴之也蓋出士圍意

于艸堂石影

三月十六日陰

邵班卿作舟來績谿人廩貢生其父輔甲辰舉人守隴州殉難贈太僕寺卿父子均喜談兵

余於西漢諸儒中長子高之後最推子政既手輯其著作以志欽仰因思漢書地理分野之學亦本於子政地理志云漢承百王之末國土變改民人遷徙成帝時劉向略言其地分丞相張禹使屬潁川朱贛條其風俗猶未宣究故輯而論之終其本末著于篇據此則分別九州分野乃子政之學遂為後世地理之祖

地理志凡民函五常之性而其剛柔緩急音聲不同繫水土之風氣故謂之風好惡取舍動靜亡常隨君上之情欲故謂之俗此數語說風俗最精微說文風八風也俗習也孟堅精於六書故其言明晰如此

十七日晴

馭夫來得八弟書由濮院回杭寓中板兒巷作書復之

近日盛傳接樹之法如桂則接以冬青菊則接以蒿艾余極厭之以為如呂之易嬴牛之繼馬也然其術已見於唐劉夢得詩分畦十字水接樹兩般花是矣山谷接花詩雍也本犁子仲由元鄙人升堂與入室只在一揮斤見高似孫緯略山谷之見本以識得為主故其詩一則曰人材已

新舊再則曰不須要出我門下實用人才即正公說似中正而不知呂章

曾蔡之徒皆小人之有才者果引之居中則枝連蔓引亂必難擠

正人盤據要地而後已君子即容小人小人斷不能容君子故元祐之

世洛蜀相攻最謬妄而為調停之策則更謬矣即以詩論升堂

入室陶子路事雜入仲弓亦復節外生枝故余於詩不甚取山谷正

謂其識力未老耳杜陵則不然其寄嚴鄭公則云新松恨不高千

尺惡竹應須斬萬竿真稷契伊呂輩語如種萬花詩之類分

別臣蕃用意極深山谷不此之學而徒斤斤於句法乎

十八日晴

王心齋同年祖光授浙江杭嘉湖道出都門並入室鬚鬢已全白幾不相識矣義山有寄同年詩云不因醉本蘭亭在兼忘當年舊永和被則怨在朝諸公之疏冷我則在京時於同年交游素淺公會舉辭以政真有九州四海之意蓋賦性簡澹實不耐為世俗周旋也

向戌弭兵之請最為誤事子罕駁之正論振聵趙孟聾耳惜乎晉之君臣塞耳不聞也穀梁傳乃曰澶淵之會中國不侵伐夷狄夷狄不入中國無侵伐八年善之也晉趙武楚屈建之力也夫屈建言和而所收之效僅僅數年何功之有其後楚靈滅陳滅蔡蠶食鯨吞而晉不能救

伯業益衰皆此弭兵虛名有以驕淫其志而痿弱其氣也故穀梁不著之郭會而著之澶淵言外頗有婉諷之意若曰宋能成此弭兵之舉天胡為而災之歟按三十年五月宋災董以為伯姬守節憂傷國家之患積陰生陽說甚迂曲劉子政以為聽讒殺太子痤之應所見亦不甚明以華夷弭盟為宋之罪故以火示警耳兵猶火也弗戢自焚佳兵固為不祥然五行不能去火如五材不能廢兵故謀國者不可以不明春秋

十九日晴

答心齋

近日攷求彝鼎動直千金甚者目為周秦三代之器余極不然之盖自
漢已然史記梁孝王世家初孝王在時有罍樽直千金孝王誡後世
善保罍尊無得以與人任王后欲得之平王襄直使人開府取尊與
賜之孝武以一鼎改元孝宣時美陽得鼎議薦宗廟賴張敞之言
而止說文敘郡國亦往往於山川得鼎彝其銘即前代之古文皆自相似然則
彝鼎之文與孔壁之書張蒼所獻之左氏古文相似豈兩書古文即如今所
見之鍾鼎乎乃今紛紛以意釋文甚或取以證經以說文繫之傳通亦
攷求之殊可笑也夫以梁孝王時得罍樽已直千金今日得三代之器何翅
萬金乎愚妄相欺殺書畫碑帖之末唐宋尤謬

二十日晴

史記伯夷列傳引采薇之詩梁曜北以史公漫舉一詩而隱之夷齊說甚淺謬且云魏應元弔夷齊文咎二子餓死背周為非不為無見其大壞風教之言首陽山在遼西故其辭曰登彼西山采其薇矣而曜北謂西山豈得以首陽當之已屬強詞奪理論語餓死首陽民到于今稱之又曰武盡美矣未盡善也蓋以臣伐君征誅而得天下究不可以為訓故孔子身為周臣猶立此言以定萬世人臣之準而曜北毅然為此謬說竟不知名節為何物然則應元之賦勝於孔子之言歟

二十一日晴夜有風

連日意緒鬱勃評馮注義山詩頗為玉溪剖白一洗新舊兩書之誣大致主朱長孺而斟酌徐湛園馮孟亭

寄唐鄂生書論再同身後家計午後范肯堂秀才當世來南通州人能為古文頗修湖北省志吳質甫極稱之薦為合肥塾師嘗為漱蘭客

世傳香山幸朱崖之貶嘗有詩記之汪立名已辨其誣玉衡公於香山之事則無辨之者舊書言武宗素聞居易之名及即位欲徵用之德裕言居易衰病不任朝謁因言從弟敏中辭藝類居易即日知制誥召入

翰林小說家因謂衛公以如意帖香山詩有讀此恐迴吾心之說業舊傳
香山於開成四年自為墓志曰予年六十有八始患風痺之疾大中元年
卒年七十六武宗即位居易年已七十兼苦風痺勢難引之入朝因推
愛及其從弟衛公李無黨即史亦云衛公不以敏中為鄙類也此可云
居易為衛公所惡矣宣宗問令狐楚之子白敏中以令狐楚有癈疾因薦
綯可用豈得謂敏中有憾於楚耶蓋權勢之地人所必爭宜既積憾于
武宗衛公斷不能久於其位敏中因處迎合揣摩之利得衛公處身
世以敏中負衛公則造作語言反以為衛公有積憾於白傳殊可
惜歎也

二十二日晴

得晉圖書面刻蒼葭宵堂

唐書鄭絪傳始盧從史陰與王承宗連和有詔歸潞從史辭潞乏糧請留軍山東李吉甫密譖絪漏言於從史帝怒與學士李絳日謀欲逐罪當族絪任宰相不當如是大槩皇猶怒吉甫遂為醜詞以愬陛下蕭史言教憲修怨然亦何至為讒人所實誣蔑之詞也

絪孫顥尚萬壽公主宣宗於鳳寵無比而令狐綯乃鴻為顥姻家怙勢推擠楊嗣崔州之貶顥多有力焉按史先貶崔州萬壽下嫁後兩月並後

知敍中絪顥之權力以順衛公者不獨迎大中意旨亦兼脩敵懟怨舊

怨也閒一默守信之人敬塞怨何足怨之惟罪相於元和之世而大中方始用元和子孫則以為之入敬塞怨之讒語並造作謗言以汚衊衆而觀國史醜詆名臣悍然不顧子京無識不加刊落何也考舊書鄭絪傳果無其事知其出於私家之臆說而非舊史之公言矣贊皇公父子祖孫三世忠節勳業卓然可觀不幸而遇牛李白令狐之徒既厄衛公於譚海復誣及敬塞怨誣制百端蓋黨禍未肇於牛李對策之年其進憾敬塞怨一脈相承有以也子京修史既不加察遂以於紹述之後逞偏隱而非衛公復於唐人之詆衛公者頗采摭之於是牛李及衛公之邪正是非淆雜無定論矣

二十三日晴午後陰有風

過梅若少坐李發赴粵寄九弟書並購粵刻數種

蜀志宗預傳諸葛瞻初統朝事廖化過預欲與預共詣瞻許預曰吾等年踰七十所竊已過但少一死耳何求於年少輩而屑屑造門邪孟光傳光謂郤正曰天下未定智意為先儲君讀書寧當倣吾等竭力博識以待訪問如博士探策講試以求爵位邪年九十餘卒向朗傳年踰八十猶手自校書刊定謬誤積聚篇卷於時最多開門接賓誘納後進但講論古義不干時事時之老者謂不可及雖不為時用有裨於風俗不少豈若譙周之無恥乎

二十四日晴

唐寶曆元年尊號肆赦李逢吉以李紳之故所撰赦文但云左降官已經量移者與量移不言未量移者蓋欲紳不受恩俄韋處厚上疏論之乃改赦文紳獲霑恩且俄因處厚作相嘗論前古有以浮議坐廢者故推擇羣材往往棄瑕錄用為時所議夫一眚而掩大德二卵而棄干城不非用人之道況以浮議坐廢且無大過乎知此正韋司空之特識乃以此為時所議史臣從而錄之何其陋也柄國二宰頗升時譽所議止此又非所當議可云賢相矣況以李紳事推之棄瑕者殆即此流耳何可重詆處厚乎

二十五日陰夜大風

皞民來談借雪楯蘭亭觀之有趙味辛跋傳是唐裝文物展轉歸趙氏方卯村（時帳在吳興魯恩）（後歸浴瀾堂玉虹）宋儀凱蕃口拍有題識云定武瘦本筆意不恒墨花滿紙頗與國學本相似舊存三跋則孫文介慎行（字聞斯別字淇澳）董文敏陳眉公也後歸周蔚農雪楯以二百金得之雖不必援為瘦本並名跋林立已足貴耳

沈子梅目瀘跋舊拓數種力不能全買以賤值留其半餘皆歸之

二十六日晴風尚未止

花農來

近日為古文者全從八家出,然八家實從經子史出也。欲溫經以為古文之源,而疲於注疏,時以作輟。昔見外舅廷尉公每日必溫經一卷,其輩輩具不可及。合肥云曾文正清晨必手點史一卷,無片暇日,擬仿而行之。

劉先主流落依操,而操曰今天下英雄惟使君與操耳,又云生子當如孫仲謀,兩言中已定三分之局。武侯亦云曹操難與爭鋒,孫權可與為援而不可圖,是武侯亦知先主不能混一也。觀其以管樂自比,皆伯佐而非王佐。謀知漢不可以興,特漢賊不能兩立耳。先主在許幾為郭嘉董昭所留,在京幾為周瑜呂範所留,是其神光難掩,殆遭羣忌也。然則主君子

屢困頓之世惟宜韜采斂鍔以待時來無庸過立崖岸矣

二十七日晴

午後過皞民借玉谿生詩意五冊閱卽抄劉銘傳以病解臺撫

漢書酷吏傳義縱少年時常與張次公俱攻剽為羣盜以姊義

姁故拜為中郎夫表盎故盜在漢初猶不言也次公與縱在武帝

時竟以跡得官漢法綦嚴而用人不拘一格如此亦可異矣楊僕

有監功封侯自不宜入酷吏傳之中但其法放尹齊以敢摯行而已

使其子孫貴顯孟堅亦不復列之矣湯周以有子故楊僕以免為庶

人入史例絕乎炎涼誰謂孟堅良史乎

二十八日立夏陰風雷

舊唐書韋貫之傳新羅人金忠義以機巧進至少府監蔭其子為兩館生貫之持其籍不與曰工商之子不當仕忠義以藝通權倖為請者非一貫之持之愈堅既而疏陳忠義不宜污朝籍詞理懇切竟罷去之故管子工之子恆為工商之子恆為商即在今日講求機算中外通商惟當以利益何患無良工廉賈出其間惟一技之長援以官資使與士人相溷於是工不安於工商不安於商仕路因淆而工商亦無實效矣貫之之言實萬世不易之良法也特指出之以告世之講求工政商情者

二十九日晴

仲璋賁臣均來

讀裴晉公傳末云晚節稍浮沈以避禍王播廣事進奉以希寵度亦掇拾羨餘以効播士君子少之後引韋厚叔南卓為補闕拾遺俾弥縫結納為自安之計而李宗閔牛僧孺不悅其所為故因度謝病罷相出為襄陽節度案宗閔因晉公薦文饒忌之疑晉公晚節亦不浮沈如此然即以奉覲方掇拾弥縫為避禍自安之計而後生新進轉能藉以詆諆彼固位而轉失位則何如一以堅執之為愈乎行百里半九十老臣可以此自警也

四月初一日晴天氣過煖已易單衣

寄鶴巢手函及家書

舊唐路隨傳韓愈撰順宗實錄說禁中事頗切直宦寺之徒之稍上前言其不實累朝有詔改修及隨進憲宗實錄後文宗詔令改正隨奏條示舊記載錯誤者宜付史官詔曰禁中事尋訪根柢蓋起謬傳諫非信史宜令史官詳正刊去今舊紀例著韓名而今韓集詳略互異溫公考異謂嘗見館目順宗實錄有七本皆題韓撰五本略而二本詳編次者兩存之中多異同王新史則采掇無遺大抵韓集所載乃李漢所編而朱子似以韓集詳略者

並於叢中尋得無甚切直之處始知刪削之餘耳

初二日晴

至晦若處少坐申刻范肯堂來夜得高陽師書及楊椒山書一卷

書劉希英公子行有高鳳翰謝寶樹跋

初三日晴

心緒甚劣擾擾竟日

書咨十有二牧曰惇德允元而難任人蠻夷率服史記命十二牧論帝德行厚德遠佞人則蠻夷率服顏淵問為邦亦曰放鄭聲遠佞人夫遠佞即能使蠻夷服從今之識時務者必以為迂矣不知此古今之論也其

時四凶既放四門已闢天子之側已無佞人故文明謂十二牧亦以遠佞人為訓蓋恐佞人而升之廷而在牧伯左右亦足為害防微杜漸可謂深切著明孔子以告顏子乃內聖外王之學亦云佞人不遠則雖備四代之制度而不足以為治也佞人來矣佞人來矣公羊之傳春秋真得古意也以今日洋務論之肇釁之由大臣皆撫左右均有漢奸為之耳目交納之後大臣聞海要害皆有漢奸為之鈎通防則將帥之側佞人主事而防無實際商則市廛之中佞人司權而商為漏卮諸公第以不談洋務者為迂儒而佞人則皆奔往揣摩迎合以洋務為進身之梯者也亦非悄味古帝王聽賢遠佞之言乎

初四日晴

柳質卿同年自浙來

明堂位是故魯王禮也天下傳之久矣君臣未嘗相弒也禮樂刑法政俗未嘗相變也天下以為有道之國是故天下資禮樂焉鄭注春秋時魯三君弒又士之有誄由莊公始婦人髽而弔始於臺駘云君臣未嘗相弒政俗未嘗相變亦近誣矣俶倫叢擾然則明堂位篇乃春秋以前書也蓋古魯國之禮文而采之入記者不得以春秋之事斷之疑為近誣鄭目錄曰明於別錄屬明堂陰陽明與管子幼官篇皆古陰陽家之遺文耳

初五日晴

合肥約王晦若屢少坐後高陽書

余少日學詩鄰香巖文稷以下倉山房詩集之後乃寄涉獵白樸家

而於國朝寂愛竹垞小長蘆漁洋獺祭隨園說也入都後如子偰蕘翁

相譽隨園遂不復流覽年來始一閱之則隨園詩懂有功夫未可輕

詆阮文達孫蓮叔以詩序隨園之才力大矣門徑廣矣有可議而疑者

亦有未可議而疑者蓋之者不善蓋其疑而疑焉以為出於隨園而

隨園不受也即不敢疑其祠而讀遂不可議焉以為出於隨園而隨園

亦不受也王論可謂精到允確

初六日晴 毛太淑人忌日

竟日枯坐

初七日晴酷熱似初伏夜有風

醇民來談

史通直書篇當宣景開基之始曹馬構紛之際或列營渭曲見屈
武侯或發仗雲台取傷成濟陳壽王隱咸杜口而無言陸機虞
預各栖毫而靡述至習鑿齒乃申以死葛走達之說抽戈犯蹕
之言歷代厚誣一朝如雪考斯人之書蓋近古之遺直歟案武
侯傳云及軍退宣王案行其營壘處所曰天下奇才也與晉之祖對壘

即借其祖之言以責之使申之所遇或值人傑使其意不盡言之隱一覽可知所作實具苦心至成濟之事所作目錄直書頗備詳直錄皇太后令云賴宗廟之靈沈業即馳語大將軍得先嚴警而昭兒便將左右出雲龍門雷戰鼓躬自拔刀與左右雜衛共入兵陣間為前鋒所害此兒既行悖逆不道而又自陷大禍重令吾悼心不可言似當日舊史之文而昭之嚴警則固蓄無君之心而兒為鋒所害明是抽戈犯蹕在當日秉筆者亦自天良未泯故壽但詳錄之而弒逆之迹自不能掩也予先於所作所處之地並未深思一味刻嚴過矣

初八日晴晨微雨為風所散

史記貨殖傳吳楚七國兵起時長安中列侯封君行從軍旅齎貸子錢子錢家以關東成敗未決莫肯與唯無鹽氏出捐千金貸其息什之三月吳楚平一歲之中則無鹽氏之息什倍業息雖云重然亦必不過於母索隱謂出一得十倍者有借一還十之理此蓋謂稍舊息什之如向以三釐行息今則以三分也向以四釐七則以四分也近則貸錢無救於貧而在家則家愈貧在國則國愈貧亦可想矣近日洋債之說大起至於下鄰陸充諸公亦皆貸洋債以應急視載寶而來者尤甚噫世風日下可嘅也

初九日陰大風時作此三日可衣棉

得黃鍼生秦生書以再同墓銘相屬從其生前書識也

高貴鄉公紀文錄昭奏云成倅弟太子舍人濟橫入兵陳傷公此戾悖無干國亂紀罪不容誅是昭之自納供狀實承祚微婉之筆故于元不能削會也后妃傳於明元郭皇后則曰值三主幼弱宰輔統政與奪大事必先咨啓於太后而後施行則一切詔令皆假太后為名千載之後自然明白然謂承祚於此無一字抽毫之際述乎壽之長在三國志為內外之辭各存其真于元然謂史氏謗毀又然謂氏詳實均屬失之曹馬之際固有不能直言無忌者矣

初十日晴

合肥以朱蘭坡先生所選古文彙抄見畀乃浙中一道負所餽者

宋綬傳綬為參知政事章惠皇后嘗建道觀諫官御史皆言道從羅修寺觀而後有此修造是從今數更也仁宗曰此太后自出奩中物亦綬因曰是豈知太后所為但見忽興土木遽近議亦太祖嘗謂唐太宗受人諫疏直詆其非曾不為恥豈若不為之而使人無言哉慎皇祖之言常防外廷之議綬於章獻時以忤意改官後能為此言聞為賢相惜道觀未登羅賢傳竟昧之耳並其言足為興土木者戒也

十一日晴

范希文負天下望並元昊以書來和仲淹以謂無事請和難信且書有僭號不可以聞乃自為書令去僭號元昊復有書來不遜仲淹焚其書不以聞坐奪一官知耀州此舉所失甚鉅貶遠以懲之未為過也觀武侯得魏臣書不報而作正議此其漢賊身分夏之於宋豈若魏之於蜀乎當時軍中謠曰軍中有一韓西人聞之心骨寒軍中有一范西賊聞之驚破膽此自三軍媚其主帥之謠西人實未心寒膽破也讀史至此止覺其可笑不覺其可敬故吾於有宋不甚取希文

十二日晴

守山閣叢書刻大唐西域記十二卷 四庫提要謂天山北咸隸版籍西域圖志一一徵實傳信此書音譯既多乖舛而侈陳靈怪尤為誕漫無稽並山川道里頗有足備考證者並

國界所謂者新疆西藏廓爾喀五印度實未入版圖也今英人踞之時吾觀滇入藏之行則五印度山川險要亦大時務之亟講地者所宜留意也佛國靈奇漢唐以來極意崇奉今為島夷所據菩提貝葉盡為賞翫梵宇琳宮盡為洋屋青獅白象一再馴之菩薩金剛一轉奴之吁

十三日晴
沈子梅自上海來買得文選樓叢書陸宣自寫奏上還得梁山書知
夙疾已痊
說文有部有不宜有也春秋傳曰日月有食之从月又聲凡有之屬皆
从有段氏曰謂本是不當有而有之偁引伸遂為凡有之偁凡春秋
書有者皆有字之本義也案下文戫有文章也龓兼有也豈得訓為
不宜有彧彰不宜兼有乎以本義釋有字即以引伸義釋從有之
字說文之例未應龐亂若是有字之見於經者莫古於大有雜卦傳
大有眾也豈得云大不宜有乎疑當作丕宜有也說文丕大也以丕訓有

所謂之大有小雅裳裳者華篇左之左之君子宜之右之右之君子有之維其有之是以似之正義經總之有之似之者皆有也是宜有互訓之證有無相對不應段借為之也存此說以俟精能小學者

丁公雅有管子要略五篇見於玉海東都事略傳著述英聖覽十卷龜鑑精義十二卷慶曆兵錄五卷編年總錄八卷而不及要略何也仁宗嘗問用人以資與才孰先度曰承平時用資邊事未平用才諫官孫甫乃謂度自求柄用宜杜祁公之不答仁宗曰度侍於十五年數論天下事未嘗及其私豈有是哉余謂公雅兩之極要孫甫之劾不過於深文周內耳

十四日晴

況子梅復來章宜甫解延慶奉親南旋殊可羨也葛季臣之眷亦扶櫬隨之而還季臣者琴生幕友寔工所識也

韓詩外傳曰智如源泉行可以為儀表者人師也此言師嚴然後道尊相敎明漢之經師無不尊嚴可為儀表者非徒解經不窮也其後師道日廢徒以學術相尚而不問其行誼於是張禹之徒遂為帝師而便便之經笥遂有師弟相鄙者綿綿蔡以師說挽之能無惡也應璩百一詩曰子弟可不慎慎在選師友師友必良德中才可進誘無顧世之為之先者做以佳子弟先在擇良師與其取浮誇之士不如延樸

厚之儒尚不至誤子弟耳

十五日晴晚微陰

合肥奉

命大閱海軍酉刻乘海晏輪候潮午時日出大沽幕中于式枚陳重威

從行

十六日雨

許應騤祥麟授倉場譚鍾麟以尚書銜補吏部左侍郎

連日因錄塞上詩未及評樊南詩也夜少暇以理之義山有嘲櫻桃詩

及櫻桃答詩殊不可解大恉爲刺鄭顥之作惟有鄭櫻桃已明點

矣又有代盧家人嗤堂內指之是因時作顥〻昏盧氏同選尚萬
壽公主堂帖退還也鄭顥恃寵經營作相決非端人令狐綯与
之為姻家交通賄賂義山自繫其事故有此詩與其事無謂
玉溪諂附令狐竟不相答殊可恠也

十七日晴

聞海上有霧合肥到旅順〻薄暮矣

十八日晴

午後皞民來談復錫生秦生書
陳光作陸賈論謂賈乃儒者非辯士大意以馬上得之[illegible]可以馬上治

之所以規漢王為定漢初基甚於叔孫制儀蕭何法律以天下安注意相天下危注意將所語甚曲逆為平長本謀甚於絳侯入軍朱虛奪節余頗取之之近日新語或非真本然聖人居高處上則以仁義為巢乘危履傾則以仁義為杖亦儒家精語也觀其兩使南越佗佗不撓卒使之奉臣朔去帝號國不僅游說之力亦使材甚足安得如賈者而銜命殊方乎吾嘗謂李使皆如蘇武亦謂不辱君命矣並成一節而不了公家事若盡如隨何陸賈其益實過之於子卿也乃大之求使絕域招攀以游華之士應之上不能如賈下不能如武陵則賞優衰重矣如何如何

十九日夜有風

得八弟書陳文祺入都寄廉生書索會典館條例為再同作墓志

楚語伍舉曰德義不行則邇者騷離而遠者距違注騷愁也離畔也伍舉所謂騷離屈平所謂離騷皆楚之地揚雄為畔牢愁蓋楚語注所本

史記楚懷王使屈平為憲令草稿未定上官大夫見欲奪之不與乃讒曰平為令衆莫不知王怒疏平之既案王命為令上官豈能奪之讒說有不傳者矣屈平放之耳觀此平乃法家之學余不甚喜離騷以平學術論蓋猶儒者也

二十日晴

復八弟一函。鄒班卿來談。得壽伯茀書富竹坡長子

班卿亦嘗治梵完子，其言云：桓公伐山戎，以山戎病燕，此燕乃南燕，非北燕。以左氏傳莊三十年公及齊侯遇于魯濟，傳曰遇于魯濟，謀山戎也，以其病燕故也。公羊傳莊三十一年六月齊侯來獻戎捷，齊大國也，曷為親來獻戎捷？威我也。其威我奈何？旗獲而過我也。齊伐病北燕之山戎，無須遠謀於魯，疏二不必迂道於魯，以是燕為南燕，山戎當在太行山東之戎，對中國言之則曰北戎，非在北平之無終也。其說甚辨，蓋從俞理初、蓮師所究，鮮[illegible]出春秋書南燕曰燕，書北燕曰北燕，本分明也。並以桓公所救之燕為北燕，不獨

管子為其穀梁傳謂內無因國外無從〻諸侯而越千里之險北伐山戎危之

也則非〻等善之也何善乎爾燕周之分子也貢職不至山戎為之伐矣史

記齊世家亦曰伐山戎至于孤竹燕世家無伐周之南燕正以為北燕也而說

並行在西漢時竟無從釐定一是耳致余於畀耳之纇眩莫究端不

料班〻竟專主南燕言之鑿〻如是

二十一日陰 又祫衣

復伯茀書商於坡遺稿以手評玉谿生詩送曝氏一勘曝氏專學玉

谿也

韓詩外傳余篤好〻其論詩至歎允塞徐方既來謂事跡暴之國難使

強暴之國事我易軍之則實單而交不結約定而反無日割賂而救無

厥故明主不道也上下一心三軍同力仁形義立教誠愛深而強暴之國也

赤子歸慈母世之謀國者必將以此為腐儒之見置於變內閣地之端果能

立國者盍亦反其本矣

廿二日晴

過承詩訣

子產有言夫大國之人令於小國而皆獲其求將何以給之一共一否為罪

滋大大國之求無禮以斥之何饜之有鄭介晉楚之間而子產能為此

言故兩大無由生隙故知交鄰之道非一味諂媚所能持久也小國且

致沈大國手

儒行篇其過失可微辨而不可面數也其剛毅有如此者夫儒者有過之賴直諒之友規之其人患在善道固所樂受即若曰道身更所樂從若不可面數則其辭必不聞善言而止豈儒者本意乎以犯顏直諫而其自處轉深閉固拒以是見其意訑訑之聲音顏色亦自謂之剛毅乎以狠愎為儒者身分而竊失儒者謙沖集益之度量恐非聖人之言

二十二日陰

約首巨來談

天下本富莫切近於農桑北方農功之惰一時驟難挽迴一由於水利之不興一由於農政之不講蓋水渠所還皆各有富户安知力農實以本朝圈地莊頭輩上誑王公下欺民户以水旱荒歉諉之於天甚可怪異也余嘗博攷北方農荒之故為說一篇以諷為官為紳者並余亦不能踐其言也予冀州桑土既蠶見於禹貢今亦廢弛婦女終日逸居夫役之如奴隸非不卑順而耕織之外茫然不知飼蠶之法鄉閭無知之者其病則蔥蒜燒酒之氣皆足害蠶余非不其故當以原蠶有禁北方以養畜政遂不養蠶蓋漸染且遵風政耳並如近豫東各縣似可仿野桑生蒲之法行之如豐潤玉田地本肥美宜蠶果木之園林之豐不可推行

蠶桑者推以木棉紡織之利二甚易舉而從有司膜不關心殊可慨
也余肥鄉汪仲伊說魏氏種桑議已下而革之竟中止尤為可惜因
為荀穀夫人及內人論蚕桑偶筆二上

二十四日陰

五帝本紀太史公曰學者多稱五帝尚矣然尚書獨載堯以來而百家
言黃帝其言不雅馴薦紳先生難言之孔子所傳宰予問五帝德
及帝繫姓儒者或不傳余嘗西至空峒北過涿鹿東漸於海南浮
江淮矣至長老皆各往往稱黃帝堯舜之處風教固殊焉總之
不離古文者近是此古文謂古文尚書也承上尚書獨載堯以來故

者尚書二字耳索隱謂古文即帝德帝系二書非也下文又云予觀
春秋國語其發明五帝德帝繫姓章矣顧弟弗深考其所表見
皆不虛書缺有間矣其軼乃時時見於他說非好學深思心知其意
固難為淺見寡聞者道也余并論次擇其言尤雅者著于篇蓋
太史公本五帝德及帝繫姓以作五帝本紀堯舜則取古文尚書黃
帝顓頊高辛則兼取百家而擇其尤雅者以與春秋國語相證核
蓋明白何段氏以予長所傳乃夏歐陽尚書非古文乎其自敘曰年
十歲則誦古文蓋兼古文尚書左傳國語系本而言惟其能識古文故
太史所藏之書皆能讀之其從孔安國問故特與相引證而與太史公

学術最傳談則学天官受易陽道論儒道則尚書左氏公羊故閎於黃生
禮記五帝德帝繫姓論語孟子荀卿晏子老莊申韓司馬法無不兼綜條貫蓋
以儒者承其文道家天文之傳而兼通百家也西漢之世一人而已子政不
能望其肩背況班孟堅乎余別有安吳學術攷詳之

二十五日晴

至范肯堂處小坐臯民來潘子靜踵至午後寄頌民書時段楷

州同贊臣來

列女傳曰楚伐息破之虜其君使守門將妻其夫人而納之于宮楚王出
游夫人遂見息君曰人生要死而已生離于地上豈若死歸于地下哉乃

作詩曰穀則異室死則同穴有如不信有如皦日遂與夫婦俱自殺楚王賢之乃以諸侯禮合葬之班固古今人表與許夫人楚昭貞姜並列中品與左傳相絕貞淫迥別魏默深先生詩古微主魯詩說宗左傳為子駁所亂且釋前兩章大車為檻車言被虜載以檻車也毳衣子男之車服也亦息君也子棘子也予息夫人也穀之毛傳鄭箋為貞捷息夫人有廟在楚非其夙著節烈安能立廟杜牧之詩至竟息亡緣底事可憐金谷墜樓人不知息夫人更烈於綠珠也此亦足以雪千古之誣而杜後人之喙矣余嘗謂婦人之節較男子之忠尤易被誣衊一人造謠屢起和之其甚者即不能自所以志書中殊緣烈婦往往被禍非幽魂果能為厲實天道神明不昧示誅之也誣貞節之不當為淫是同金叶之固非似果報以警世了

于艸堂石影

二十六日晴

得九弟四月初十日書，寄棗山一帋

從來名人不必定有賢子，如虞劉滿溢，而諸子罔知名。東坡三子，叔黨均稱賢，可謂積善餘慶；其他則賢少而不肖多，豈名固造物所忌耶？抑或諭教未至也。淵明有責子詩，而諸子果無達者。義山驕兒詩頗小時了了，而蔡寬夫詩話謂白樂天喜義山詩，願為其子。義山生子，遂以白老名之，既長殊無文性，溫飛卿戲之曰：以爾為白老後身，不亦忝乎？不知即袞師否？要之袞師亦無所表見也。

張湯之父見湯劾鼠，文辭如老吏，更當笞之，乃遂使書獄，所以

陷入酷吏傳中此教教非其道也曹參因其子窋言無以請事何以
憂天下遂笞之曰趣入侍天下事非汝所宜言此教之以其分也若為
丞相子豈宜預問相事乎

二十七日陰
夜王楓臣自宣化來知樂山之病甚危篤因招仲彈來余齋中雜談至三鼓始
去石賜之有書

二十八日晴
寄賜之書
偶讀東山鯀說曰堯咨孰能治水四岳皆對曰鯀也則在廷之臣可治水者

惟鯀耳當此之時禹蓋尚少而舜猶伏于下也夫堯之聖群臣之仁賢其
求治水之急也而相遇之急如此後之不遇者亦可以無憾矣節錄此蓋
為開直河而數余以為堯以天下傳舜群臣實有如服如鼓之朋
淫于家用殄厥世其一也況則為鯀呂氏春秋行論篇堯以天下讓
舜鯀為諸侯怒於堯曰得天之道者為帝得地之道者為三公
今我得地之道而不以我為三公以堯為失論欲得三公怒甚猛獸欲
以為亂比獸之角能以為城舉其尾能以為旌召之不來仿佯於
野以患帝舜於是殛之於羽山副之以吳刀禹不敢怨而反事之官
為司空云云諸子所傳皆秦未焚書以前之說是鯀非不敢治水

乃不肯為舜治水也。觀鯀化為黃熊，熊亦如此人無擇自投清泠之淵，未必因舜吳刀副之，故禹遂世其官，平平水患，將以地道為三公，繼以天道禪帝位，非枝幹之之難，實以述之之志，繼文之事也。鯀不以禪代為疑，固執一節，終未得堯舜公天下之意，然一心秉一主亡在之賢臣也欤。

二十九日晴

得安圃第三書，聘之園至安樂山略愈，晚與仲璋答楓臣。

淮南主術訓：蘧伯玉為相，子貢往觀之，曰：何以治國？曰：以弗治治之。簡子欲伐衛，使史黯往觀焉，曰：蘧伯玉為相，未可以加兵。固塞險阻何

足以致之伯父爲相之傳俱無此說不知何本

三十日晴

表記子曰君子不以色親人情疏而貌親在小人則穿窬之盜也與子曰情欲信辭欲巧鄭注巧謂順而說也疏與巧言令色異案孔疏非也詩及論語巧言皆謂小人未有屬之君子者此情欲信辭欲巧意止謂以色親人者情則欲人之信己故辭欲其巧以助其色不足正是巧言令色足恭一輩耳天下安有此等人流之君子哉有色厲而內荏之小人有情疏而貌親之小人孔子均斷爲穿窬之盜盜亦有道若輩在鑑中特穿窬者耳鄙之甚矣

五月初一日晴

楓臣來得吉雲帆書以牛乳餅八合寄伯潛

魏默深庸易通義謂安溪李氏深於易故中庸餘論專以易道發揮可謂精微廣大曲暢旁通故廣李氏之義於中庸之道易者標舉數章於後援康成中庸注於祖述堯舜節以志在春秋行在孝經發明之余嘗推之諸書禮而惠氏周易述已闡庸易相通之蘊子思之學於性與文王之德之純直以文王比天此周公宗祀文王明堂之旨即聖人繫易之旨而惠氏魏氏均未及之安谿之書余未見不知嘗言之否文王之德論語中庸兩贊爲臣爲君之道賢于堯舜矣

初二日陰有風急雨一陣天氣頗涼
午後楊玉書來時新授河南睢德鎮總兵
漢右北平郡之縣十六至後漢僅存其四縣志以豐潤為土垠無終二縣地又
以開平之石城廢縣為漢縣不應一邑而兼三縣之地顧亭林日知錄云遼
史灤州統縣三其三曰石城唐萬歲通天元年改石城縣在灤州南三十里
今縣在其南五十里遼徙置以就鹽官今開平中屯衛即遼石城廢縣
不獨非漢之石城且非唐之石城也錢坫漢地里志斠注謂石成今奉天府
西北地水經注白狼水所逕者也今水在府西北邊外合大遼水似与水經
注原流又異按水經注石城川水出西南石城山東流逕石城縣故城南地理

志右北平有石城縣據此則鄙以為漢之石城 北屆陘白狼山又按三國志公出盧龍塹山堙谷五百餘里未至柳城二百里虜始覺公登白狼山望柳城云云則白狼山在柳城之西二百里盧龍之東三百里石城縣又在白狼山之南何得在奉天邊外乎且魏志云上徐無山五百餘里經白檀歷平岡涉鮮卑庭錢以平岡在永平東北四百里白檀在密雲縣南二十里而徐無則在今遵化州東密雲在遵化之西永平在遵化之東豈得由遵化經密雲以至永平之東北乎殊可笑也大要北方地理諸書均不能詳盡余思考之而業未及也

初三日晴

晚合肥回津初二在海上遇大風甚危險夜梅若來

默深先生詩古微申三家而抑毛鄭，然筆力橫絕，足以自申其說。其書古微亦有心得，而舜典、太誓補亡則涉於意造矣。以詩論之，毛與三家本不必盡同，豈得謂毛皆誤而三家皆是？以書論，梅林所傳古文尚書其解釋不必盡同伏孔，豈得謂先梅賾而偽造？蓋子政七錄阮比班氏於經術源流敘次不免闕略，范史隨其傳經之家學而修史，又不得作史之學識而隨刪舊史，於是東漢之經學六傳之失真，大頗抹倒賈鄭於二千年後，孤行直趣，以承西漢經師，名為微言大義，實則專己守殘。竊謂乾嘉諸公漢學已極精極備，生其後者不日不稍之異同，務必盡廢西漢東漢之

晗以為之闈茲以西都為賓東都為之固非以東都為賓西都為主上夫之固自宜漢宋兼綜不必立戶分門蹈州嶺凌競之派也

論刑書之優劣則書在徵史以校詩在徵以書在徵迷有意作

棱耳

初四日陰夜大雨

高陽寄食物四種作書復之雪楂驛氏句來得購之書知某山

漸愈

宋書劉穆之傳高祖書素拙穆之曰此雖小事然宣彼四遠願公小復留意高祖既不能厝意又稟分有在穆之乃曰但縱筆為大字一字

徑寸無嫌大既足有所追且其名亦美高祖從之一本不過六七字便滿
窮髮大字更難於小字禹程既抄於書使作大字不更拙乎此目
安傳之譜而休文性善撰宋故錄之文史耳

初五日陰夜雨甚快

錢路利害紛如聚訟而外可守不言之戒近有創膠萊錢路之說者
謂可辟成山之險而以鐵路用起重機器載輪船而出河之失矣夫開
膠萊河辟外洋從內洋乃元初之故蹟劉應節崔旦之餘說河不易開
魏默深先生已闢之矣當輪舟暢行之日無故繞道迂回舍舟就
車且復以鐵路載至重之輪舟艇出洋有此情法不可行而

誤誤者津津有味亦可謂不昧事理矣

初六日陰時有微雨

顧廷一來王楓臣于瞻若來此久坐寄安圃姪四五兩書四由驛五附都中書

默深先生所著詩古微書古微余既竭數日之力讀之因思易為秦火所遺淵源宗正宜取西漢易說叢揮為易古微以存三聖人大義之萬一乃本朝說易諸家如惠氏漢學周易述但及荀虞張氏止述集解類抄種陸姚仲虞先生默而好湛深之思其於易先虞後鄭以及西漢舊說可謂詳矣惜其以東漢為注反以西漢為疏因而旁及諸子汎濫無隸成一家之言而轉棄千古之緒亦非經

師樓要之匠也擬以攷易覈穗之暇兼攷西漢易證積久成編帖
識歲月以待之
初七日陰夜大雨
黃花農沈子梅均來伯平前輩自都引見回復高陽書寄枇
杷四簍
漢光武紀之長安受尚書略通大義明紀師事桓榮學通尚書十歲能通
春秋不知何傳殆無師法章紀但言好儒術和紀無所稱安紀年十歲好學史書
桓帝則以好音樂著順靈獻皆無聞蓋東京帝學之衰更甚於
西京也而明德馬后則能誦易好讀楚辭悉善周官董仲舒書

和熹鄧后則能史書通詩論語自入宮掖從曹大家受經書兼天文算數設東觀教令文辭粲並可觀和熹從詔中官近臣於東觀受讀經傳以教授宮人左右習誦朝夕濟濟許沖獻說文書慎前以詔書校東觀教小黃門孟生李喜等以文字未定未奏上今慎已病遣臣齎詣闕天使黃門宮人皆誦經傳想見宮闈校經之盛並如劉珍等皆經術湛深乃令其為黃門教授亦可謂輕朝廷羞當世之士矣疑許君未肯自貶其節設論以文字未定不肯奏上而旋以病辭官而去觀說文之工僅賜布四十匹知已特中旨而許君之意微婉世竟無表之者為闡其出於此

初八日晴

仲彭來談

檢書偶取曾文正求闕齋文鈔讀之文正與許仙屏書論古文以為欲著字之古宜研究爾雅說文小學訓詁之書欲造句之古宜仿效漢書文選欲分段之古宜熟讀班馬韓歐之作欲謀篇之古則羣經諸子以至近世名家莫不各有匠心章法復吳廣文敏樹書謂惜抱才力薄固為百年正宗亦可與海峰並傳所言皆積學有得之言其文亦堅勁雄直卓然不羣即不以功業論亦同治以來一作手也公之學以禮為宗天資不如學力高山仰止慨慕久之

佩綸案集市人論文之語觀之最為有益曾南豐謂陳后山曰要當且置他書熟讀史記兩三年與王介甫書云歐公更欲足下少開廓其文勿用造語及摹擬前人歸孟之文雖高不必似之也取其自然耳譚溪詩話云老坡作文工於命意必超然獨立於眾人之上李方叔云東坡教人讀戰國策學說利害讀賈誼鼂錯趙充國章疏學論事讀莊子學論理性又須熟讀論語孟子檀弓要志趣正當讀韓柳文記得數百篇要知作文體面其他精識甚多難擇數則以為初學之範

初九日晴

伯平雪樵蕭臣來談過晦若談未數語即歸午後容民晦若相繼

來談

本朝崇尚漢學孫芝房之論謂紅巾之亂由漢學啟之然漢學總由四起其弊在道光末年文武酣嬉恐其弊不得歸咎於一二儒生也獨中興以來漢學已成贅疣宋學更成絶響而舉世滔滔大氐有文無行之徒起而振觧大為風俗人心之害更有洋學興於其間以外洋無父無君之理而飾以中國之文字害更深於楊墨佛老吾恐數十年後竟蹂躪周公之教必為耶穌天主所漸芟而僅延經義不亡於秦火者且將亡於洋氣也以政教言之言自強者無非西法是尚求其能通古今判害以自強者無有也而陋儒則惟空言無濟何

小楷白摺之見推之而以治平可為脩攘此可慮者一以風俗言之布
帛綫針無一不西洋來物而銀錢之流出外洋無人過問不久此錢豈
用募此可慮者二士大夫以讀書自命者大不讀經傳小不究術算稍稍能
文便狂于言而蹈于行不知禮義廉恥為何物敗名喪檢且更甚于類
叢其可慮者三兵勇營伍習氣更深于綠營綠營著名之將領竟及西
洋談兵色變號為大言亦但全無條理此可慮者四工匠無才便於
購洋人器械而浮用價值不能製器又不能製器器難以伏而
利未興其可慮者五甚通而以空文自見甚空文之能者自見尚當
視半世運孔子曰微禹吾其魚乎微管吾其左衽今之患過於洚水危

於荊蠻安得神禹管仲復生乎
初十日晴
晚與合肥論洋布機器局事甚愜余之廢棄分當不交人事而貧困無聊遇事又不能默默非吏非隱殊自愧也
半山詩頗有獨到處其題淮西碑云桓桓晉公忠且壯時命適與功名偕無限古今成敗之感納入七字中義山韓碑極意鋪排究遜書記語矣杜陵云書貴瘦硬方通神昌黎云羲之俗書趁姿媚至東坡則云環肥燕瘦各有態皆有獨見半山題顏公壞碑則云但疑技巧有天得不必勉強方通神殊不凡也

意其爲人實有風蓋一切之槩故出蘇如此世傳其回首掂面

書如驟雨驚風恐非實了 柳能言而不能踐耶

十日晴 昨夜左腰作痛不能成寐 午後用電氣治之

約楚寶來談 晚作平聯圖大名

元鼎五年詔曰辛卯夜若景光十有二明易曰先甲三日後甲三日朕甚念

年歲未咸登飭躬齋戒丁酉拜況于郊 應劭曰先甲三日辛也後甲三日

丁也據此則盤文乃郊時齋戒之象此西漢易家古義故漢武詔用

之若校殷禮則殷之郊禮必用丁也

十二日晴

漢成寶賢王使非外戚專權張禹為傅得賢臣輔之直以為善觀未可
在元帝之世已與陳咸廢錮及帝世上書求見帝即見之使指而不見可謂
欲請上方以斬張禹豈能同於黨上哉其言既出能死猶榮況旋之意
解乎劉向以上無繼嗣政由王氏上書極陳天子召見向歎息悲傷其
意謂曰君且休矣吾將思之雖格於王氏不能用向並使說向之言切必
得禍似亦能審國機密者惜其終為權臣所蔽也至於哀帝一紀尤
多可疑贊云雅性不好聲色即位痿痺末年寖劇而董賢傳則云
常與上臥起偏藉上褏又召賢女弟以為昭儀此何故也哀帝才具之惜乎不說太寬矣
雖蓋王之痿痺屬實而其意則在抑王氏以任專權無如大臣皆拘文

韋義舊學如師丹孔光如傅喜皆不測其意旨相繼罷去羣能無非
虛名尸位之庸臣而已而拔擢用新進以冀其爲我腹心遂以美麗目
喜之董賢轉來羣嫉而主勢益孤主德益損暮景顛惑以入周護
宋崇之說徵莽還朝而漢亡徵見矣然則哀之失不在多殺而在游移
賢之罪不在佞幸而在無具使哀帝當日勵精圖治柄制賢已法不徵
還王氏預擇宗室賢者立爲太子以定根本然元后在內而羣材與輔
國本已堅即十莽豈能乘間而入哉以不圖身既夭折辱及祖父而世
而大統亦隨以傾亡何以見孝成於地下乎

十三日晴

沈子梅、顧曝民相次來談。晚楚寶來深閱其文何学日学佛詩涉禪蘇似太

與曝民談莊義甚合。曝民言凡著一書成一詩若無關於一時風氣

之盛衰、一代政事之治亂，詢不足存，謂潛夫論、玉谿詩皆是也。語頗有

意。余就所究心諸書推之，如易則殷周之際文王悲殷之將亡，而祖伊因

故三百八十四爻反以長言之，以感悟帝辛，故其書可以爲經。春秋則周秦

之際孔子知春秋之將爲戰國，百家之將亂吾儒，故二百四十年反覆長

言，存內聖外王之理，故聖人所以爲萬世師。莊子則專爲楚敗存

儒道兩家之微之大義，於書中所見已小矣，然非係乎盛衰治亂者

實如是觀。初唐不如杜，以杜即史也；溫不如李，以李有時事也；黃不如蘇，以蘇

非兩黨進匹夫之辭也至元明以後家各集人各一書知此者鮮矣

十四日陰有急雨一陣

南中教案迭起江南安徽江西湖北不下數十處

新莽之篡宗室乃頌功德惟翟義一人首先起兵可謂漢之忠臣乃漢書翟方進傳於篇末追敘童謠以郡中怨方進請陂下田不得而奏罷陂堰以為鄉里歸怨之言而意外若章翟氏之覆宗為快者班叔皮之贊亦曰義不量力懷忠憤發以隕其宗悲夫夫懷忠憤發豈得量力而於篡事其後平林新市及伯升之起亦皆不量力者哉人人得量力而始起兵則亂臣賊子亦無見誅之日矣叔皮作王命

論者亦所見如此乎

十五日晴午後陰是日丑刻夏至

得樂山一函知病已見愈

前論漢哀一則適館師以孔光論課兒輩復光論頗深至大致以立中山湛傳太后尊號罔附王氏而不能尋出證據余以哀紀推之孝哀之立乃成帝特嘗趙皇后昭儀助成之王根陰目結於傅太后不盡由傅太后之賂遺而決非元后之本意也元后與傅太后本有嫌觀王鳳因日蝕遣共王之國可證也哀帝既立元后敕莽避帝外家其不悦之意可想故光以微指嫉請中山昭和得潤不見用聊以避禍而免入定陶之

黨也亦不料孝哀之竟立光之相雖亦孝成之刻侯門書貴而即夕帝崩非元后之力不能定立正既有嫌於孝哀故屢詆傅太后不獨為王氏亦以自為與師丹傅喜之正論不撓有關矣班氏亦是王黨觀敘傳伯由王鳳薦始召見莽少與穉兄弟同列友善兄事斿而弟畜穉斿之卒也脩緦麻賻賵甚厚則其交深推密可知故成帝季年立定陶王為太子數遣中盾問近臣穉獨不敢答豈非王氏不欲立哀帝之明證乎故哀帝即位光罷相而穉亦出為西河屬國都尉也疑董賢傳所記哀帝亦不甚穉班氏以其祖不得志於哀帝故揚其惡耳世動以史遷為謗書而不知班氏之史亦為謗書也吁

十六日晴午後煩熱有微雨浴

得高陽書修理管注並無養性之樂至是始定日注管而夜讀書或

詩或文不事攷證以暢其趣

魏默深先生謂橫雲山人明史稿是非失實固已按萬季野先生家傳云季

野力辭鴻博以布衣參史局不署銜不食俸史稿五百卷皆出其手疑

祀南柳北目季野之此不始橫雲也吾鄉谷霖蒼輯明史紀事本末皆

於故鄉人物別無一書蓋有明三百年直隸士大夫嘉言懿行湮沒者不少

耳紀文達負一代博學之名而不著書於紀嘉以前鄉先正文采風

流之無紀述蓋北人質直不善標榜也

十七日薄莫雷雨一陣

倭國詩云徐福之後而魏略則云倭人自稱太伯之後見通典自是譯者妄傳彼中

豈知附會譜系乎

元和郡縣志於吾里獨在闕卷中攷通典州郡八玉田屬漁陽郡石城屬北平郡

是吾邑當兼唐玉田石城兩縣之邊晰也

十八日晴

仲彈屢以坐印由得廉生書

讀介甫詩盡一卷

介甫白溝行棘門霸上徒見戲李牧廉頗莫更論雁湖注引歐陽公奏疏

外以李昭亮王克基當契丹內以曹琮李用和等衛天子安得不敗矣
又引沈文通程子徽之語論圖詩云燕山自是漢家地北望分明常勝關謂
沈亦公所善想當時諸賢皆有興遼之意窮味全盛之機見識超之意
按元豐主戰元祐主和前有熙河之敗後有靖康之禍君子之論宋事者
每以元祐為君子而以元豐為小人即以主和為是而主戰為非不知政
宣之失乃在屏斥忠賢任用宵小奄寺艮嶽花石擾及天下亡徵已具
即不結金伐遼金已滅遼亦必駸駸南牧不得以紹述為兆歸獄于荊
公也元祐更新之政當多矯枉過直示弱遼夏尤失體之大者宣
和諸臣固無賴之小人元祐諸臣亦無用之君子不足以論和戰之得失也

温公通鑑論維州事袒牛抑李眼孔如此豈足當國坡公守登州議
水師赴定州頭等處邊計畢竟賢於人容易喚醒然而權輕事去矣

十九日晴

得九弟書寄大西洞端硯二方粵東三大家詩選一部

曹瞞之為漢賊固已然漢祚之傾始於桓帝而桓帝之立則曹騰之謀也當質
帝之崩李固杜喬欲立清河王蒜梁冀未有以相奪騰乃夜往說
冀以青蓋車迎志入南宮至是而固喬之罪已定宦寺之橫更張不待黃巾
郿塢而漢之業已傾李固獄中所謂漢室衰微自此始誠東漢定論也哉
不知騰有何功德而養孫遂有受禪之舉傳祚數世直以騰傾漢于前

採李篡漢于後謂之善繼述可耳

二十日晴

道徽夫弔其妻喪午後范肯堂來見客之前韓來言就吳氏齋中為談

朝廷用賢不可猶識蕭望之傳上方倚以為相則恭顯因其子上書訟前事徵詣廷尉退令自殺馮野王忠信質直智謀有餘上方倚以代鄭於是王鳳傳尚書劾奏王章私薦野王而野王以賜告歸杜陵不敬劾免矣大學曰見賢而不能舉舉而不能先命也命不曰謾為慢亦非人之命直是無可奈何而委之於命之命蓋國家之命運所係耳君如密則失身諒哉

師丹以不肯從傅太后尊號罷史極稱之然其人實非經世才乃一拘儒耳
哀帝初即位多所匡改成帝之政如出傅甲去邑號罷校尉王邯等正其收
田畝柄屬豈有不封后父封舅同議於丹言則王氏之權必令其世之相替
乎耶况太后宜哀帝之不悅也蓋師丹乃哀帝太子後擢為太傅出王氏之
所引用耳

二十日晴

晚浴浴後甚爽

于湘若言國朝隱逸詢是所之遺逸民余謂史公無隱逸傳隱逸本不必
傳必傳之則必取其有繫於風俗者前代隱逸有不可解處尚于平既

知富不如貧貴不如賤何以為王邑一出雖力辭其薦恭然不出不出之為
趙矣晉夏仲御人說之使仕勃然作色及賈充遣誘以作何戲聞之殊
乾坤乃為之鋪鮮之欲殊失身今張忠臣和無者為荷堅一出以東嶽之
士而殘於西獄一宋纖今文年已八十乃受張祚之聘為其偽太子之友
尤屬進退失據至宋釋放常秩之徒益不足道矣惟張緬所遇
之漁父踏是真隱然蘇之竹竿之歌亦与莊騷所載之漁父為
近是公為不知何許人耳史者所以紀一代之政治得失人才消長似
此人流不過藪淵巖谷之結倫足以傳真隱又能傳之者皆非隱
也設班馬作無此一門

二十二日晴夜微雨一陣

夜仲彭來談並借高青邱詩

御覽四百八十八引文士傳張叔字彥真遇黨錮之官道逢其友人相與語天下云嫉害忠良豈從道之不行恐將不免二人相向而泣有老人過嗟曰二丈夫何泣之悲哉龍不隱鱗鳳不藏羽羅網高懸憂在機後泣將何及二人從其言之請不知所而去余並輯黨錮表不知張叔在表中否可考證入之

與仲彭論青邱亦是不隱鱗藏羽者入山不就徵誅山不欲東河

廿六日畢文賈稿

二十三日陰

復宗娚書寄銀五十金助其秋試之費

管仲非鮑叔不能相齊管氏雖無世祀而春秋不見其子孫行事即齊管脩亦未必定是管子之後獨鮑子之後則屢見於左氏傳如鮑國文子論陽虎責其親富不親仁卓然有大臣之風杜注成十七年魯施氏之宰也而立之至今七十四歲蓋九十餘矣如鮑叔之世澤長矣獨惜陳鮑甚睦遂逐欒高桓子囚之而大遂前篡齊之階此則有忝祖武耳

余生平最惡晏子滿口說禮而以己亂而沮孔子與陳氏真小人之尤其所以得名不過勝於一二庸君以外則鄒騶越在史之類為之揄揚也

二十四日雷雨微雨即止

顧曝民來談午刻得于淵若書知樂山之病未大愈久恐不支過晦若略談即返

杜陵自比稷契而其夜過王倚飲詩結云但願殘年飽喫飯但願無事常相見蕭條星實非經歷患難之後不知此語之沉痛所謂天下無如喫飯難也其贈友諸篇無不情真語摯而其晚年作乃云晚將末契託年少當面輸心背面笑憤激之實非經歷世態之後不知此語之酸深所謂具味不相入也其後惟孟豁生有此一種筆墨如何雪月之交光夜更在瑤臺十二層可憐君門萬里光景蹉夕陽無限好只

走近黄昏寫得叔季之世光景出人非超出世外静觀萬変難偶
愈冷之中以熱乃得此種無情語非世人所知也不識廬山真面目
只緣身在此山中畏度本蘭册中詩不知原是此花身以山譯之又詩山
以花外之人看花遠近之間迷悟迴別

二十五日陰微雨頗涼

釋名一書專以諧聲解字其原出於孟子如助者藉也徹者徹也庠
者養也序者射也校者教也之類春秋繁露尤多楚莊王篇韶者
昭也夏者大也護者救也武者伐也三代改制質文篇王者往也仁義法
篇仁之為言人也義之為言我也深察名號篇士者事也民者瞑也王者

皇也王者方也王者匡也王者黃也王者往也君者元也君者原也君者權也君者溫也君者羣也祭義篇始生故曰祠善其司也夏約故曰礿貴所初礿也先成故曰嘗嘗言甘也畢熟故曰烝烝之言眾也祠曰約礿成嘗烝眾皆均祭之為言際也察也循天之道篇薦之為言齋欲皆是許君所偁博采通人所明言仲舒說者惟一貫三為王一事實則仲舒固深於小學者也其後如白虎通義此類尤眾若韓之以為漢詁亦復可備捨攷耳論語政者正也又閒孟子之先雅之即讀若不雅之謂也

阮文達以釋名心纖也為善著為釋心之說繁露深察名號篇栣眾惡於內弗使得發於外者心也故心之為名栣也人之受氣苟無惡者心

何栣哉吾以心之名得人之誠人之誠有貪有仁仁貪之氣兩在於人身身之名取諸天天兩有陰陽之施人亦兩有貪仁之性天有陰陽禁身有情欲栣與天道一也余疑栣即任字說文妊身懷孕也言心懷貪仁之性故白虎通直作任字心之為名任較織字尤義足此說兼孟荀性善性惡兩說善米性禾之喻與性相近意尤相足竟無人發明董子之義者許君說文云性人之陽氣性善者也情人之陰氣有欲者許君取孟子之說兼采繁露不曰貪曰惡而曰欲尤為下語有分寸是知孔孟之言性蓋合荀卿而董子陰陽兩施貪仁兩存之語尤足補孟子之未及而破荀子之一偏也後儒紛紛之義亦亂矣 詳東塾讀書記

二十六日陰雨

寄樂山書

王晉卿以侍主疾時與婢通主薨為主之乳母所訴上批詵內則朋淫縱欲失行外則狎邪罔上不忠落駙馬都尉均州安置其後還朝與東坡先生相見殿朋外和其詩引有常得罪於黃岡晉卿亦坐累遠謫實則東坡以二年貶晉卿以三年坐他事貶想見東坡為賢者諱之意畫繼則云晉卿雖在戚里存遠聲色而從事於詩畫竟不知乳母之訴唐實耳宋史僅書其謫均州而以後不書並蘇詩亦未讀想見修史之草草

二十七日陰

得子涵復書

讀通鑑長編神宗謂輔臣曰唐明皇晚年逸豫以致禍亂如本朝無前世離宮別館游豫奢侈之事非特不為亦無餘力可為也蓋北有强敵西有黠羌朝廷汲汲校據不暇蓋二敵之勢所以難制者有城國有行國自古外裔能行兩者已今兼中國之所有比之漢唐尤强盛也嗟乎神宗之言未幾而宣政之間艮嶽花石綱所為如此惜無人以其父訓告之者良可痛也蘇轍謂當宋神宗之世夏則童昏遼亦亂弱而其經營西事熙河方撓永樂已摧所倚用者不過李憲高遵裕徐禧輩宜其辱國喪師畏遼尤甚正人如富弼司馬光輩所上疏亦浮談無實

王安石陽爲大言實主棄地之說此自宋之太弱並非遼夏之太強神宗猶敵強於漢唐之末雖設此言以自解耳然尚知有畏敵之心不敢安於退縮實賢王也況今日之敵船堅礮利環列畢雄其兢兢業業之又當何如耶

二十八日晴

柳質卿來与談鐵轍水利

漢章帝好儒術其詔令極佳如命趙熹年融則引詩不愆不忘率由舊章三事大夫莫肯夙夜予違汝弼汝無面從二千石勸農桑則曰五教在寬帝典所美豈弟君子大雅所歎地震則曰仲与季氏之

家臣子游武城之小宰猶誨以賢才聞以得人講五經同異則引學之不講
是吾憂也博學而篤志切問而近思仁在其中矣日食則引詩之亦孔之醜又
詔引春秋無麥苗及關廬反風之應二月又詔則引刑罰不中人無所措手
足五月試賢良則曰堯試臣以職舜責以言詳筆札岐山得銅爵以酒宗
又獲白鹿則曰上無明天子下無賢方伯人之無良相怨一方斯兆之爲
來歲元和元年丁未詔則引律及令丙而曰書鞭作官刑豈云若此十二
月詔則引書父不慈子不祗兄不友弟不恭不相及也二年正月則引詩辰
子如祉亂庶遄已五月賜高年鰥寡孤獨帛則引無侮鰥寡
惠此貴禎七月則引春秋三正三微二年二月告郡守相則曰四國無政

不用其言乙丑勑御史則引詩敕彼行葦牛羊勿踐履禮人君伐一草木不以時謂之不孝皆儒者仁者之言范史僅以長者推之未盡其美也

漢章帝永初四年二月乙亥詔謁者劉珍及五經博士校定東觀五經諸子傳記百家藝術整齊脫誤是正文字案子之[illegible]長內何以後漢竟無人注釋之不可解也

二十九日晴午後陰夜雷

范史鄧后論曰鄧后稱制終身號令自出術謝前政之良身闇明辟之義至使嗣主側目斂衽於虛器直生懷懣懸書於象魏借之

議者殆其惑哉然而建光之後王柄有歸遂乃名賢戮辱便孽
黨進衰斁之來茲焉有徵故知持權引謗所幸者非己焦心卹
慮恚自強者惟國是以雖毋一言說閨門讒事愛移徵衍忠競
剔謝罪狩杖根逢誅未值其識畢從蹊田之牛奪之已甚也按范
論所舉非之自雖惟國家有見和熹與宣仁相似使其年至五六十
稱制終身何至有建光以後之亂政哉漢法東朝雖不稱制仍
預朝政有竇太后則綰臧下獄孝武不能救之有王太后則嬰夫
下獄孝武亦不能生之既不能以地道無成之迂論以後之妣但當
論其賢與不賢耳且不稱制而預朝政反不如稱制而預朝政稱

制則日与廷臣相接不稱制則日与宦寺相接故號稱制言之以宋之明獻章肅而王曾可以去丁謂呂夷簡可以論宸妃上下之情不隔也彼漢哀之制于傅太后王莽之假元后之命豈必稱制哉晉孝武時謝安以天子幼沖欲請崇德太后臨朝王彪之曰上垂及冠婚及今從嫂臨朝豈所以光揚聖德安不欲委任桓沖故請太后臨朝以專決遂不從其言謝傅之深謀遠識可謂審勢達權千古卓見彼韓魏公之厲聲撤簾不免客氣用事未幾而謗議起矣有識者取乎古今之故當不以吾言爲謬也

蘭畊館日記 光緒辛卯

六月初一日晴

午後過晬民招同柳質卿劉永詩夜飲

余嚴居亡七年思卜地為憎隱計意在江南質卿言木瀆有葛園錢氏端園葛園有樓可居眷屬上池宜荷芰端園後即靈巖山館舊址閒之神往攷吳郡志靈巖山即古石鼓山又名硯石山董監吳地記吳郡圖志曰吳王離宮在石鼓山越王獻西施於此山山有石馬望之如人騎[illegible]有石鼓鳴即兵起亦名硯石山又有琴臺在其上越絕書云吳人於硯石山作館娃宮劉逵注吳都賦引揚雄方言云吳有館娃宮吳人呼

美女為娃故〻都賦云華於館娃〻宮張女樂而娛羣臣今吳縣有
館娃鄉又云硯石山有石城云姑蘇山十里闔閭養越美人於此上有
兩湖〻中有范元貢樹以即〻靈巖山以上皆黃監所記今採硯石山上
有吳館娃宮琴臺響屧廊有西施洞硯池翫月池琴臺下有大僊
松山下平瞰太湖及洞庭兩山山前十里有采香徑梁天監中始置秀
峰寺今為顯親崇報禪院云

初二日陰雨

得沈丹曾書

閱南史后妃傳齊高昭劉皇后傳炒胡麻飴內薪床及索火〻便自然此

精靈有餘火耳何足為異而傳為奇瑞梁武丁貴嬪生而有赤痣在左
臂又體多疵子手足並失所在夫疵子一朝發之亦事之常何足異也後
主沈后陳亡入隋煬帝惟令從駕故蕭后亦入突厥蒙醜聲宜矣其
他所敘亦多穢迹似正史之體不應若此又閱北史后妃傳如魏以道
武開基紀既失於限斷后妃亦並均失史例文宣段昭儀傳婚日韶妻元
氏為俗弄女壻法戲文宣文宣銜之後因發怒殺元氏冤其情甚
屢侮過於今俗之鬧新房者（此俗浙江皖南尤甚北方則無之也）馮小憐亡賜代王達潛譖
達妃所云無恥之尤周靜帝之后司馬氏嫁為隋司州刺史李丹妻丹
陳沈后均至貞觀時猶存雖皆失節之后然親見隋亡亡是快事若

使之共論南北優興不更勝白頭宮女乎

初三日雨

鞠耦生日夜煮茗談史甚樂

魏崔浩性不好老莊之書每讀不過數十行輒棄之曰此矯誣之說不近人情必非老子所作老聃習禮仲尼所師豈設敗法之言以亂先王之教衰世所謂家人筐篋中物不可揚於王庭業實太后好老子轅固以家人言折之實有儒生衛道之功至伯深若解功成名遂身退一言何至受禍惜其不讀竟五千言也儒林劉瓛之傳博覽群籍見名法之言掩卷而笑曰若使楊墨之流不為此書千載誰知其

小也曾謂其所親曰觀屈原離騷之作自是狂人業名法與楊墨迥異
不知獻之何指北魏時諸子之學如此宜百家甚本蝕滅殆盡矣
魏書儒林傳亦少通儒如陳奇（修奇河北人）常非馬鄭解經失旨始注
孝經論語頗傳於世與游雅論天與水違行不合不復敘用雅以蔥嶺以
西水皆西流奇以蔥嶺以西豈東向望天折之然雅所說豈真扶馬鄭
者直意說耳奇竟以此致禍殊可笑也獻之講左氏至隱八年便
止云義例已了是何家法張吾貴三旬之中兼讀杜服而好為詭說此
業安能久傳劉蘭排毀公羊又非董仲舒史稱仲舒為祟亦未必然
然想見其色厲內荏安有名儒而為厲亦安有名儒而見厲者此

六史識之陋也

初四日晴

得君聘之書遇晦若苞肯堂在坐

北齊李鉉傳 寶鼎渤海人 撰定孝經論語毛詩三禮義疏及三傳異

同周易義例合三十餘卷 又作字辨

刁柔 子溫饒安人 留心禮儀氏族參議律令 魏書逢勒成之際志存偏
黨甚時論所譏

馮偉 偉節安平人 明禮傳寶鼎弟子 張買奴平原人

劉軌思渤海人

鮑季詳渤海人 禮 左氏春秋

邢峙 士峻 鄭人 三禮左氏春秋

劉晝 孔昭 阜城人 受李寶鼎三禮 馬敬德服氏春秋

馬敬德 河間人 左氏 子元熙長明 以孝經授皇太子

前敘言張買奴馬敬德邢峙張思伯張雕劉晝鮑長暄王元則

並得服氏之精微皆徐遵明門下也而本傳則甚略

權會 正理 鄭人 鄭易詩書三禮明風角讖緯 注易一部

張思伯 樂城人 左氏傳撰刊例十卷 亦治毛詩章句

張雕 中山北平人 尤明三傳

孫靈暉 武強人 惠蔚族曾孫 三禮三傳皆通宗旨

子萬壽傳沙門孝禮傳

張景仁同胡人何洪珍中人鄧長題進所工草隸而已豈宜列之儒
林与石曜以在子十卷言甚淺俗而濫厠其間皆可異也

初五日晴

周書儒林傳最謹嚴有法盧景宣脩五禮長孫紹遠正六樂以
宦高不入入儒林僅六人皆碩學也太祖世宗高祖三代重儒故其效
如此北史卷二盧

盧誕涿人

盧光景仁弟辯 精三禮善陰陽鐘律又好釋言
損道往往重內

沈重德厚吳興武康人 行世者周禮義三十一卷儀禮義三十五卷禮記義三

十卷毛詩義二十八卷喪服經義五卷周禮音一卷儀禮音一卷禮記
音二卷毛詩音二卷
樊深文深 河東猗氏人 孝經喪服問疑各一卷七經異同說三卷義經略
論并目錄三十一卷
熊安生植之 阜城人 周禮義疏二十卷禮記義疏四十卷孝經義疏一
卷
樂遜遵賢 河東猗氏 著孝經論語毛詩左氏春秋序論十餘篇又著春
秋序義通賈服說發杜氏違辭理並可觀
熊植之實北方儒宗而北史紀其爲或所譏因熊光者瑞連年相訟

率族南源而歸復見徐三才和士開因其禕雄禕要乃稱翁翁生珠

苦煩擾

初六日晴

得唐鄂生書寄復徂潛一緘附沈丹曾復任

南北史鎖總八書而刪繁去複體例亦未畫一如輯其逸事為之
作注因以考其得失亦一快也晉書注能脫稿宜即從事於此陳書
何之元傳之元屏絕人事銳精著述以為梁氏肇自武皇終于敬
帝究其始終起齊永元元年迄于王琳遇獲七十五年草創為三
十卷號曰梁典一書分為六意一曰追述二曰太平三曰世祖（敘亂四曰）五曰敬帝六

日後嗣王翊翊太宗大寶不書北史許善心傳父亨著梁史未就善心
修續之書為七十卷其傳全載其目與姚書不同使取之以校梁書亦
一朝得失之林也道光間董太守濂撰運使嘗有意注南北史延
諸名流以一年為期不果成又惟汪梅村補志十餘卷亦尚闕佚

初七日晴

季士周來談

熙河棄地本末劄於司馬溫公其大旨以真宗割靈夏等州除趙德明
為定難軍節度故事其與執政書深以徹為邊患更出不遜語為憂
其後范堯夫依違文潞公附和而言路如蘇轍劉摯王巖叟亦皆力

主晨說悵暴露春政隋林亦在言路稍稍弗可棄之說二人固皆一輩中之餘
黨昌文請聯以蘭州乃蕃地非夏境為言並立寨則置不論響
朝恃儒庸闒然經不稍為夏人所輕為元昊諸人所笑眞為誤
國歟熏自賂伊戚也亦當宣仁手詔垂簾之大防範純仁時徽仲請
會刑一路更不攻取而專巡刷不但損國威而又有取侮四夷之端曰論今日
西夏無繼遷元昊之強若再遷卻素用武人固無足畏惟拓跋窘蹙槪
范之明鉄擴寨者迴異而溫申二公竟不轉圜專以息事安人為勝
算計棄四寨以易永樂之俘輕棄險要積長寇驕其時本當已平
夏勢日衰民溫公所慮無一中者較之佚役後所見尤迂謬也

吾嘗謂宋無人焉即元祐亦爲洛朔蜀日相攻擊亦非救時之政何
祥民以豐皆援小人以紹述之隙而往日天非大宋治無是事乎

初八日晴

劉獻夫來范肖堂言其鄉人鄭家祥嘗經獻夫延請來子合
肥爲之作合獻夫屬余代致鄭庚午同年優貢也字子彥升上通州人

余嘗疑范純夫劉元城論哲宗覓乳母事以爲可疑范疏有閒之
有近群宣仁密加防察論之疏章或以爲劉范似太過及觀通
鑑長編所采曾布日錄述哲宗病狀又歎二公之杜漸防微爲不
可及腰痛夜泄吐血數遍無一非好色之證元符豈猶自戕其生

孫覺寶仁傑養之勸永裕時記之重耳觀責降韓才人為紅霞帔謂是推哲宗服藥時猶使氣驕恣可想矣

初九日晴記 午後鄧班卿來

元祐諸賢如山谷之雅黨籍尤為可歎山谷在元祐時入史局兩次遷官一為趙挺之所彈一為韓川所駁終不得進一階青瑣請封其母並邑號敍官必為人所嫉也乃命下之日其母即卒安康之君亦為虛祝殊可悲痛服闋而朝局已變謫命旋行諸國之初元太平州而嚴以文字之禍貶死宜州終其身竟無展眉舒氣之一日較之義山之厄於令狐不同一揆余于江西一脈嘗於身

後殆孝友潛德積久必發之故與

初十日晴傍晚黑雲如墨

李子木自都回

魏柏鄉兼濟堂集余篋中有之今不知遺落何所矣偶於選本中見其李淳風論云太宗以秘記有唐三代之後女主武王代有天下斷李淳風對曰其人已在宮中不過三十年當王天下殺唐子孫殆盡後其言果驗世莫不神其數余以為太宗聰果則王妃家法不可言高宗後尤而效之武氏之禍實太宗釀成使李淳風勸太宗正刑于之化高宗他日不致瀆亂武氏何由復入掖庭何謂不及治而徒以天之所命人不

能遣使太宗諉諸數之無可如何耶持論甚正然太宗之因疑似殺人李洪言其妄殺實為譎諫則如彼所言太宗嫌其迂闊亦未能因之悔禍蓋太宗玄武之事實過於殘忍建成元吉既死並其諸子盡戮之尤令高祖難堪武氏盡殺唐子孫亦以報其慘毒而承乾謀反濮王奪嫡之變以令帝親見之晚景亦殊可憐思其設心太酷即末年猶有亦不能解武王之讖矣余嘗謂中宗睿宗俱是庸才使武后不臨朝稱制繼中宗之昏庸自嗣聖以至景龍不知秉政之難又將如何故長孫無忌勸之晉王實亂唐之斷路有天焉

十一日晴

得省三金陵書洪翰香來

趙則平寂不忠於宋太祖一誤不可再誤之說人盡知之殆由河陽

一獄怨望實深故晚節披猖窺太宗微指以干進啟曰是不然耶

太祖中年普之不為所用矣如太祖以幽燕地圖示普普曰此必曹翰

為之太祖曰然翰可取否普曰翰可取孰可守太祖曰以翰守之普曰

翰死孰可代太祖曰卿可謂遠謀矣又曰吾欲取太原普默然久之曰此

非臣所知也太原當西北二邊使一舉而下則二邊之患吾獨當之

何不姑留以俟削平諸國則太原彈丸黑子之地無所逃矣太祖笑

日吾意臣以此業兩策均謬幸而契丹君臣亦無志中原耳後有桀黠之謀乘宋人經營江湘之會以銳師先據太原則其鋒直逼汴梁宋且無以為國矣夫取太原即以關中之邊將鎮之取幽燕即以中山之邊將鎮之何至選懦惟能乃亦太祖為其所愚畢世不取太原即以此語晉太宗後乃取諸童騃之手太宗既不如太祖之英武諸將功名既盛志氣已衰於是南北之勢成而宋亦卒不振矣雖然亦由宋之得國其遠略尚不及魏武而欲望混一區宇乎普受太祖實由太祖負周世宗耳此一脈宋之執政傳為秘授政事歟遼夏以坐待金源之起以至於此

十二日晴

復載之、八弟各一書

兩淮南王讀竇獄也厲王驕則有之決無謀反之意其鐵椎椎辟陽侯為母報仇人子至性並死殘即伏於以觀薄太后及太子諸大臣皆憚厲王一讀而知初以謀反令人使匈奴南越事覺治之及張蒼等劾治初無反逆可言而遷以棄市之罪赦之殊不可解況從嚴道乃至傳車不敢發封所以詒侍者及不食而死果誰殺之而誰知之者其為兄弟不相容明矣至淮南王安則尤拊循百姓好儒多文者其必以反死之者況由孝武之世陰行賈晁之策而速禍者更有醞釀修成

君王太后之愛女帝之大姊以其女嫁太子遷帝亦甚愛淮南矣而太子弗愛三月不同席王閉太子太子終不近妃妃遂求去此失所援帝闈之矣是時故辟陽侯孫審卿善平津怨厲王殺其大父乃深構淮南事於宏宏乃疑淮南有畔逆計謀深窮治其獄大獄之議窮治之者有不害為畔逆者甚則淮南之死害有力焉伍被所言多引漢美浮夸無實而遷執其單詞據為鍛案何也恐旋帝欲殺被而後謂被當誅蓋不誅被則鍛係淮南之逆著不甚且被誅止為無逆耳史公所敘歷歷如繪讀之寒恩於所不見悲夫高議以伍被為公孫矣

十三日晴　醋熱

鞠耦小病。李賛臣來，得頌氏書。

汪容甫作荀子年表，尊荀卿至矣。然汪氏知卿之傳經，不知焚書坑儒之禍亦卿為之。斯為卿之弟子，其相秦也，請諸有文學詩書百家語者蠲除去之。嘗入秦之始，辭於荀卿，以詬莫大於卑賤，悲莫深於窮困為言，卿不聞有所匡正也。物禁太盛之說，亦保身之義，而非衛道之言。蓋平時以性惡之說導諸弟子，故韓非、李斯所學不同之肆悖刻。又平日排斥思孟游夏諸賢，欲以己之所學直接洙泗，殷殷以師道自居。故斯之言離白黑而定一尊，欲盡滅六經百家而獨存其書

故自西漢之初經學皆由荀出則蘭陵之計已同孟蔡陽行之亦由王安
石之經義字說以秦下而益當世容甫見不及此反以為荀卿之功無
乃墮其術中乎
十四日夜大雷雨
翻閱愈適得顧影女史畫冊十二幅相與展覽以移睡魔
使臣將命專對如春秋所紀卓然可觀至三國志則頗著數其之
辭費禕傳孫權性既滑稽嘲啁無方諸葛恪羊衜等才博果
辯論難鋒至是也如伊籍傳權逆折以辭籍適入拜權曰勞
事無道之君乎籍即對曰一拜一起未足為勞及張溫使蜀亮後

秦宓至溫問天有頭天有耳天有足之類溫曰天有姓乎宓曰姓劉溫曰日生于東宓曰雖生于東而沒于西一時辯論縱橫吾宗何関使身而還蕭累讓以為美談至薛綜傳西使張奉於權前列闞澤對君以嘲綜曰有犬為獨無犬為蜀橫目苟身虫入其腹無口為天有口為吳君臨萬邦天子之都且附會以為諸葛恪對譏之事實則與我各悔之類非敵手折衝之選也南北朝此風尤熾凡涉使臣則剌剌不休嘲謔相譁是亦不可以已乎其原出于晏子春秋戲劇之家實皆傳聞粉飾之詞而孫仲謀乃創此陋風可歎也

十五日陰夜月色皎然

魏志劉馥傳表為揚州刺史單馬造合肥空城建立州治廣屯田興治芍陂及茹陂七門吳塘諸堨以溉稻田至今為用子靖鎮北將軍遂開拓邊守屯據險要又修廣戾渠陵大堨水水經注作戾陵堰戾陵乃堰名此陵似當作戾陵渠溉灌薊南北三更種稻邊民利之賈逵傳為豫州刺史遏鄢汝造新陂又斷山溜長谿水造小弋陽陂又通運渠二百餘里所謂賈侯渠者也任峻傳潁川棗祗建置屯田太祖以峻為典農中郎將數年中所在積粟倉廩皆滿軍國之饒起於棗祗而成於峻杜畿傳為河東太守漸課民畜牸牛草馬下逮雞豚犬豕

時有童程百姓勸農家家殷實鄭渾傳爲下蔡長邵陵令所在奪其漁獵之具課使耕桑又兼開稻田爲陽平沛郡二太守郡界下溼患水澇百姓飢乏渾於蕭相二縣興陂遏開稻田郡人皆成比年大收民賴其利刻石頌之號曰鄭陂梁習傳爲并州刺史表置屯田都尉二人領客六百夫於道次耕種菽粟以給人牛之費觀司馬芝以諸典農各部吏民末作治生以要利入芝奏管子區言以積穀爲急武皇帝特開屯田之科專以農桑爲業此足徵魏武能用管子之術其陂渠耕桑之利南至揚州至薊安得不國富兵強乎今宜農事不講而於末務求富強非策之得也

十六日陰夜雨

昨夜觀月感涼甚倦曙民來談良久始去遂昏臥竟日

孝成許皇后善史書常寵於上乃因連失子女旋為趙氏所譖劇至自殺殊可哀也班氏於后傳欲緣美班倢伃故於后多抑詞今細玫后實寃甚蓋其始王鳳為許嘉奪權上既退嘉甚鳳猶不怡許氏故谷永專以日蝕之咎攻後宮既為鳳解並為鳳傾后姊謁祝詛後宮有身者及鳳等此出趙氏之譖而皇太后主之故后坐廢而班獲全其後因姊孊與定陵私通誣及后此出王莽之譖求一擢閑逸賜之棄天后之廢定陵依帝以立趙后豈

侯不知之妄解析節業長所自長与其妯諱詞鍼鏤戚獄而班氏
不為之引曰侯身已死而以進並不能明所尤可怪也其云侯罷時
後宮希得進見尤為謬論使得非由少使未卑為使得侯陛戚
舍子李平非由倡者賜姓衛者乎觀谷永許班並論劉永屨之
先班已陰為許敵將屨之除趙又明与許孚班以供養長信倉
許以王鳳不依屨情逆顯然矣劉向當以伸与孝惠魯桓同已斷
定孝成之亡嗣与谷永義異且其指實在王氏而五行志於何
平三年後日食但存谷永而不及向一若向未嘗言災異著何也蓋
向言後宮盛六衆許班而國嗣之耳
既主論許班惟谷永而後傳又云
果向所之言之混而從屬之嗣
永云後宮驕傷專時與不在後宮在衆弱了

豐潤張氏澗

十七日雨

已愈而人甚倦怠臥枕讀穀梁一卷

米襄陽研史云端州四巖下巖上巖半邊巖後礫巖下巖第

一石細眼圓碧暈仁廟已前賜史院官硯多是後來皆上巖乾紫色

理粗性硬眼黃不圓而青色淡巖深處間有潤者而眼終不如下

巖也半邊石理同上巖眼長如卵有瞎眼有死眼有鬬眼後礫間有

細軟者土人不貴別有葉纖端谿研譜云下巖水底腳石十倍於南

壁石南壁十倍於中巖北壁北壁一石半邊山南諸巖倍於中巖南壁

不蓋後歷巖下耳

十八日晴 是日天氣又熱

史大令恩培來以所撰遵化志見示體例似史玫隆殊卓並壽矣首志詞未細檢可歎也余久離鄉曲思得志乘善本以資披覽而舊志極陋因是有志冀其不俗不料卓然如此

晚崔祿赴州爲耀孫輩乳錄遺卷得允言書內附安壯節七書言舊疾時動書法亦甚草草殊可慮也

閱守山閣所刻難經集注以錢序云命門二字並不見於內經素問刺禁論七節之旁中有小心楊上善以爲腎馬元臺以爲心包並無命門之說後人謂命門在兩腎中間形如胡桃直無稽之談而俗醫因靡然從之

難經之意不過以腎爲一身之根本人身唯血與氣血爲陰氣爲陽兩腎之中以右腎爲尤重故名之曰命門所謂兩腎分列有命門也金梁俗醫因謂兩腎之外別有命門此亦不足置辯葉氏難經要旨既以腎爲命門實有特是錢氏必斤斤於此何也惟難經所云肝重四斤四兩心重十二兩脾重二斤三兩肺重三斤三兩腎重一斤一兩膽重三兩三銖胃重二斤二兩小腸重二斤十四兩大腸重二斤十二兩膀胱重九兩人有長短肥瘦之不同何以合九州而一例之當聲明以何等尺寸人何等年歲爲準長不過若干短不過若干方能以特目驗諸一人而以之齊天下之人宜其久而無徵不信也大氐五行之說最易支從人生不外五行而必分別部居雖立五行之目又冒於一支一節

之之中無不五行者五行全而萬彙兼今災矣不獨醫卜述凡中國之說經論事
但雜以五行陰陽之說便拘牽不通故余著漢學必破去五行方有
真理子政以洪範五行說災異别具苦心盡其分别不堪瑣碎故亦
不足以動人主災異自應警懼然牽一事以應之則禳厭之說又借
以售奸矣

十九日 夜雨

復八弟一書午後聞弟代理富陽縣缺

馬貴與曰圩田湖田多起於政和以來其在浙間者隸應奉局其在
江東者蔡京秦檜相繼得之大概今之田昔之湖徒知湖中之水可

涸以為田而不知湖外之田將胥而為壑也主其事者皆近倖權臣是以委鄰為壑利己困民皆不仁閱涑水紀聞言王介甫欲興水利有獻言決涸梁山泊者介甫欣然說以恐無貯水地劉貢父在旁別穿一梁山泊則可以容之矣介甫笑而止當時以為戲談今觀建康之永豐圩暨越之湖田大率皆涸梁山泊之策也余謂治水之策必有地以資瀦蓄今北方之水二淀二泊胥就闐塞墾為田疇民奪水之地非水奪民之地也黃河亦然故欲治水者除水患當務欲興水利當留餘徒知填澱之可田而不知其地之容水亦宋以後治水一大病也

二十日午後大雷雨入夜未止

復安姪書由都轉寄今年第六書也

余前以杜預附公聞為謬觀為律作注一端乃知齊書晉張斐杜預共注律二十卷自泰始以來用之律文簡約或一章之中兩家所處生殺臧異臨時斟酌吏得為姦永明間尚書刪定郎王植之集定二注表奏之觀此知元凱偏題不能晉世張斐伏後為後人摘至瑕矣罪後世定律令者動遭橫禍晉之律令修於賈充其女南風干及嗣孫謐同日誅死此賊成濟一事漏網不盡由修律之苛魏太武神䴥中崔浩定律令未幾誅浩夷三族隋文帝時令高

頻等更定新律至大業時煩亂過稱唐貞觀二年詔長孫無忌房
玄齡等改定律令至高宗時房之子及長孫相繼以罪誅其故何哉
獄者天下之大命一獄之輕重所出入不過一二人一例之輕重所出入至
於十餘世不殫千萬人矣當事者視定律如傳舍漫不經意則其家
國不得不承以受罰此天地好生之德貞甚之理非果報之說也或上天之罰
何自秦律其得禍尤甚於隋諸人而慶流後裔者何由史竟之矣
漢興破觚為圜斵雕為朴網漏於吞舟之魚而吏治烝烝不至於姦
遠者律未嘗苛密也漢之酷吏目若虐猶而文景治之不革至若
酷吏彭則文帝祖意旨所謂三尺何為也

二十日微雨漸霽

復宋螺一函

閱見聞錄太祖遣曹彬伐江南臨行諭曰功成以使相為賞彬平江南歸帝曰今方隅未服者尚多汝為使相品位極矣豈肯復戰耶更為吾取太原因密賜錢五十萬卿但得以悵名與器不可假人謂太祖得之余謂此說非也治國之經不過信賞必罰太祖以曹彬懋任將帥既許以使相之賞而事成復有反汗之言何以勵臣子而飭軍行哉作法若此故軍功之賞最輕而遼與夏終不能混一耳

二十一日晴

寄八弟書

余在塞上頗思取許氏說文詁易以許自云孟氏易也有解六十四卦名已解有不可通處因之中輟及閱文獻通考晁以道古易亦取許氏所云先得我心以其嚴李氏謂晁氏身至於學焉呂氏不相祖述而往之暗合臣謂臣大願服也余謂易之道廣矣大矣秦火所不焚而自兩漢以來其旨愈傳愈晦理數兩論分之固非合之亦不盡是三聖人之理數必不出此耳就宋而論伊川東坡漢上三家亦各有見皆出龔漢上之上朱子於東坡易傳列入雜學辨中亦門戶之見而已紀文達云易家著作太多真洞見徵信之談也

二十二日晴

鞠藕當荷葉上露珠一甕以洞庭雨前瀹之葉香茗色湯法露英四美具矣蘭駢小坐遂至夕聽衛山時管書未暇校注也

閱阮文達定香亭小滄浪筆談兩種

經籍纂詁不采說文廣韵極有見其後又以說文廣韻入補遺何也不采說文則可入補遺則不可

許劭評曹操為清平之姦賊亂世之英雄其能拔士與林宗並稱許郭范史稱其守節好恥然乎劭實非知人者知王室之將亂欲避地以全老幼而躬從陶謙劉繇聞遂稍策平吳而

繇前奔豫章而卒其流離顛沛觀劉繇可想矣太史慈曾
渡江至曲阿或勸繇可以慈為大將軍繇曰我若用子義許子將不
當笑我耶是子將不但無益於繇實有損於繇者烏能知人
許靖與劭不協因同以汝南月旦著亦同避孫策走交州不以厚
程妻子晞盡然後乞哀曹公書又不得達晚年憔悴入蜀亡
與子將等裴世期譏之文休謀臣若斯難以言智耽若與張昭張
紘之儔因係元老余謂皆與子將並譏也或謂文休為許貢王
朗客子將為劉繇客故不肯依策以其有守處吾猶笑其
盡心人倫何以與許貢王朗劉繇輩交而不能得一奇士哉

二十三日晴

午後芝宵堂來晚過梅若小坐而李黃臣孟遜回齋中

杜鐵子懋從趙郡還阮武謂之曰相觀才性可以由公道而持之不

厲器能可以處大官而求之不順才學可以述古今而志之不一此所

謂有其才而無其用可試潛思成一家言恕在章武遂著體論

八篇興性論一篇武所謂持之不厲世固有之似恕不至此求之不順

似吹笑語悵乏力持公道因不能坐致大官也才學可以述古今而

志之不一蒙竊聽於人業在荀子所謂不兩而精也抑出以為

讀書之法

二十四日晴

歸民來，沈丹曾自閩至。

閱溉亭者舊錄，錢岳原先生所學於九經小學天文地理靡不綜覽，尤長樂律，阮文達以為蔡邕、荀勗之流。其與王魚亭書云：士君子讀書宜務知大者遠者，餘俱可略。是故于經宜考聖人之制作，而不必泥于訓詁之說；於史宜觀古今豪傑之謨略，而不必屑屑于事迹同異之間。然必為有用之學，昔蘇明允取國策及遷固之史，熟讀之，遂自比於賈誼，而子瞻亦具其草創之材。明允之學知史不知經，故近於縱橫，然不可謂非偉特之士也。讀錢恢鄉

二十五日陰夜雨

得樂山書病尚未愈也晚肖堂來談

宋沖嘗勸郭林宗仕泰曰吾夜觀乾象晝察人事天之所廢不可支也遂猶周旋京師誨誘不倦徐穉以書戒之曰大木將顛非一繩所維何為栖栖不遑寧處泰納其言矣有道之隱志已決而猶不免周旋者范書傳所謂自不絕俗也然可為後萬人外任一身藏此之謂拔

黨錮列傳張儉舉劾侯覽及其母罪惡請誅之覽遏絕章表並不得通由是結仇通鑑則云覽喪母還家大起塋冢儉之章遂截

不通遮破覽冢宅藉沒資財具奏其狀復不得御故異引袁紀
儉行部下平陵逢覽母按劍怒曰何等女子干督郵此非賊邪
使吏卒收覽母殺之范書有范滂傳亦云儉殺覽母侯覽傳陳蕃傳
則亦云儉殺其母若果殺之范康不止從曰甯也業儉自殺其母
康自捕之俾黨故康以此從曰甯不得以康未死刑逆謂儉未殺
覽母也或儉殺其母或殺其家而毀其母屍所以覽銜恨入骨
必欲置儉死地一宦官之母有何關係因此宦親殄滅黨錮
徧天下儉亦失之過激乎然亦時乎母罪惡必有僭妄難堪
不得不殺之故情無可救矣

二十六日午後陰

讀費禕傳以為禕不如琬遠甚琬自知才不逮武侯而以武侯數闚秦川道險運艱不若乘水東下乃多作舟艦欲由漢沔襲魏興上庸即如子午谷奇計雖非上策然其意則與武侯同蓋漢賊不兩立非蜀并魏即魏并蜀也至禕則云丞相猶不能定中夏如其功業以俟能者姜維每欲興師大舉常裁制不從與其兵不過萬人其意專主自守不知蜀非能守之國此即不為郭循所刺後亦為魏所困蓋大失諸葛本意矣延熙九年秋大赦孟光於衆中責禕謂赦乃偏枯之物禕但謝踧踖諸葛公以寬中之事屬蔣先

黄皓畏允不敢為非及禕以陳祗趙繼允上承主指下接閹豎使後主追怨允而皓勢日熾此皆禕疏闊之咎也然則武侯重禕尚以其使吳能往權懷非謂其足備股肱如琬之由武侯密指耳

二十七日晴

得子涵書

武侯所以不用水軍攻魏者以先主伐吳時吳班陳式水軍屯夷陵夾江東西岸及猇亭之敗兵遂棄船舫由步道還魚腹則所有船舫殆為吳所獲可知若大治戰艦則吳人疑之恐所得不過魏之支散一矣

則舟械目為敵資且兩道大舉力固有所不及也卒之王濬樓船
風利不留泊美班陳武不能留之於權者濬乃留之於艦蜀之水軍
非不可用如琬之計亦悉處之一得若事之甘於不遠近相首且單
卒馴之於此豈諸葛服從之代之意乎

二十八日晴

午後睥氏來談晚仲璋過余齋小坐

隗囂之據西州初不納方望之言輒應更始之徵至李文崔元義
謀叛囂竟告之誅死可謂忠矣及三輔擾亂乃稱疾勸兵復
比隸天水盡據故地有功於漢又受鄧禹之爵恥蓋述臣囂子恂

隨來歙詣隗使其一心終始何難比迹竇融乃因王元王捷不顧
專心內事積亦變計置愛子於不顧恥臣光武而特屈于子陽
卒至身死國破其故何哉前失諸葛望救後欲以於王元不知
乃成兩錯也王王元卽為囂決距隴之計自宜守桀犬吠堯之
惟不效則繼之以死方為不負隗王乃隴亡降蜀蜀亡降漢吾不
知其何面目見季孟地下也元初拜上蔡令還東平相坐墾田不
實下獄死疑光武君臣後知其說囂之計以他事殺之耳

二十九日晴

劉巴傳注引零陵先賢傳先主欲遣周不疑就巴學巴答曰昔

游荊州時沙師問訊聞之學不足託名內無楊朱守靜之術外無
墨翟務時之風猶天之南箕虛而不用賜書乃欲令賢甥摧鸞
鳳之豔遊燕雀之門將何以啟明之哉愧於有若無實若虛何
以堪之明不疑為先主甥是先主有姊妹也龐統傳注引襄陽記
德公子山民亦有令名娶諸葛孔明小姊為魏黃門郎早卒子渙
字世文晉太康中為牂柯太守山民所娶乃武侯小姊姊必不止一人是
武侯亦有姊妹也武侯子瞻所尚必是先主幼女漢壽之孫統尚費禕
之子恭所尚必後主女是魚水君臣以聯姻好而後主娶桓侯二女以女妻
安國之子先主與關張布衣昆弟之交亦可云累世不替也

二十日晴

魏志以二荀與賈詡合傳，裴世期以為魏世如詡之儔，其比甚多，不
倫程郭之篇，而與二荀失其類矣。余謂世期此論殆失陳氏之意。
操之建魏，以破袁紹為基，紹以操敗於兖，益驕，操並出入變常，或
獨以度勝、謀勝、武勝、德勝、策之，遂先破呂布，以為紹非能官渡。
及許攸來降，言淳于瓊等將兵運糧，將驕卒惰，可擊，眾皆疑
之，唯攸、詡勸操。攸附傳又有明勝紹、勇勝紹、因人勝紹、法機勝紹之
說，明以此貫串三人，議由龍明合傳之旨，且以議由袁曹當日成敗
精事，其以良平擬之，若曰此固操之良平，其具此史識，故或傳以憂

薨明年太祖遂為魏公矣則操而非惜彧也夫以劉項擬者曾而猶惜彧公豈能欺天下後世乎不特彧也吾以為詡造魏之功更大於二荀何以言之卓死傕汜等亦欲解散而詡勸攻長安以至于師破宸羣雄紛起是炎漢之滅成於詡之一言漢之罪魁圓即魏之功首矣並詡能造魏實亦滅魏子桓子建爭立之際因詡一言而丕使子建得立其少子志以承帝祚則魏世有長君三馬亦未能乘權得柄詡純以智計用事實為世之憸人二荀為之合傳其品可知世期盛稱彧假不知陳氏固以奸黨目之人非以功臣目之人也何疑其不類乎

七月初一日晴

得營至初書九弟亦有書至

鄧艾著濟河論言運漕灌溉之道又以為昔破黃巾因屯田積穀於許都以制四方今三隅已定事在淮南可省許昌左右諸稻田并水東下令淮北屯二萬人淮南三萬人十二分休常有四萬人且田且守水豐常收三倍於西計除眾費歲完五百萬斛以為軍資六七年間可積三千萬斛於淮上此則十萬之眾五年食也以此乘吳無往而不克矣平蜀之後請以隴右兵二萬人蜀兵二萬人煮鹽興冶為軍農要用並作舟船豫順流之事艾以

稻田守叢草吏而於南北形勝瞭然胸中使其不死則渾濬之功全屬士載矣然艾之死未必不由於此司馬氏方營篡魏之策使艾由蜀入吳甚至兩國盛權震主挾之以助魏謀昭實非昭所能御知其心不忘於魏而以吳蜀全土相肆于艾手竟重兵憑若敵國昭亦不能遽篡篡則艾入而討之矣此其所以一聞鍾會之譖即殺之權卑微之也及蹤跡之後與王陵並陸主後其意可知矣觀鍾會傳後昭於邵悌密計因會殺艾後欲藉以殺會展轉陰惡視漢之葅醢韓彭尤酷而艾會貪之功在蜀社方還而禍宗偕覆亡何為哉

初二日晴

孝達有電論壽老再問循吏孝子事以其父子皆非要人所喜意頗遲回余謂再問兩世能作要人膝於循吏孝子奚何必史館有傳非傳哉然史之循不循子之孝不孝亦待要人喜怒而定則天下事可知耳

孔巽軒公羊通義左穀之外全以繁露爲主惜未取兩漢書中用公羊說者推之即以繁露論亦未能疏通證擇也余讀繁露既取以證箋子而又恥其引論語以證春秋在蘊甚富如解莊二十三年公如晉至河乃復有疾則引內省不疚夫何憂何懼解介葛盧來少養之

州公寔來少悉之則引禮云禮云玉帛云乎哉樂云樂云鐘鼓云乎哉
譯文公喪娶則引政逮於大夫四世矣美子及齊宋平則引偏其反爾
及當仁不讓而宋宣穆之事則引苟志於仁無惡解舊人滅鄭則引
大德不踰閑小德出入可也他若赦小過及論民先富後教治身先難
後獲躬自厚而薄責於人攻其惡無攻人之惡誰能出不由戶何莫由斯
道相引用之足為公羊家之達例而引唯天為大唯堯則之謂桓文不當
周室之不能霸引正名無所苟則以五石六鷁之辭為證均謀得微言大義
此取而紬繹之可以明公羊可以通論語又引詩之函子孝經之類亦
皆有意焉以公恨引證子之識大者也

初三日晴

得高陽書容民來談

孝宗問劉大夏曰卿前言天下民窮財盡祖宗以來征斂有常何今日至此對曰正謂不盡有常耳如廣西歲取鐸木廣東取香藥國以萬計他可知矣又問天下軍若何對曰窮與民等帝曰居有月糧出有行糧何故窮對曰其帥侵尅且過半帝太息曰朕臨御久乃不知天下軍民困何以爲人主遂下詔嚴禁按大夏此言千古軍民貧困之弊均不外此有國者所宜知也然禁有司之擾民易禁將軍之擾兵難是在明於擇帥耳

初四日晴

鄧班卿來午後皞民至合肥以沈石田長卷江天暮雪圖見示與皞民同觀之西沅趙秀書危後拔圖爲劉蒼峯所藏蒼峯劉園主人也展轉歸韓觀唐侍郎其子淡中以贈合肥

晉書疏舛有極可笑者華恒傳尚武帝女滎陽長公主拜駙馬都尉至東晉成帝時恒始卒而同卷中盧諶傳又云選尚武帝女滎陽公主拜駙馬都尉未成禮而公主卒諶旋沒于劉聰入石氏公主若一人既不能死而復生又不能於華恒未卒之先復選盧諶此抄合舊晉而失之不校者必有一誤

余最喜陸納祖言其延桓溫飲王坦之刁彝在坐唯酒一斗鹿肉一柈不獨真率正其旁若無人之槩足以折驕倨之桓溫溫乃更敕中廚設饌酬飲何其鄙哉及會稽王道子以少年專政委任羣小祖言望闕而歎曰好家居纖兒欲撞壞之耶忠愛憂危之悃溢於言表史稱其恪勤貞固始終不渝洵不愧斯言也

王述性急食雞子以筯刺之不得大怒擲地雞子圓轉不止便下牀以屐齒蹍之又不得瞋甚掇內口中齧破而吐之而躋重任儻以爲器也前用謝奕罵之述但面壁何也史家不實一雞子小事敘至五十字令人發笑

初五日晴

鏡江水詩均至午後郎班卿送謙亭文鈔兩冊来乃武昌張裕釗所作也復高陽書

全謝山有讀魏相傳文云厚齋謂宏恭石顯之禍開於弱翁蓋其由許廣漢以進亦刑人也不能制恭顯明矣何義門非之謂弱翁欲由許氏以發霍顯弒后之罪耳附和宦官則非其所爲也予讀褚先生續史記相以府掾陳平等劾中尚書宦之大不敬長史以下皆死或下蠶室是則弱翁所附宦官之明文也宣帝以刑餘爲周召其所由來者漸而宰相固以逢君厚齋未見及此而義門亦致之未詳也少孫之言

有時足累者以類是也余謂翁實非賢相誣霍氏以報宿憾因許氏以固寵崇媚宦官以探內指謝山之論甚允嘗作魏相論與汪梅村大同乃改之作書霍光傳後發白霍氏之誣至宦官之禍東漢之十常侍季漢之黃皓盡人知之而西漢之啟其端者呂后之張釋卿不足論文有趙談北宮伯子孝武則李延年元則恭顯至於殺蕭望之死周堪張猛其毒甚矣而實孝宣釀成之且許后本刑餘之女豈宜正位中宮元帝以廣漢外孫為天下主辱國甚矣豈非西漢亡於宦官也耶故吾謂宣非令辟相非賢臣也

初六日 雨 家忌

余最不喜六朝人故南北史及八書均無所得偶閱周兩塍所輯撮華云王宏領選將加榮爵於人者每先呵譴責辱之若美相盼接必無所措人問其故答曰王爵既加於人又相撫勞便成與主分功若亦者絶其敘之分又不微借顏色即大成恩府聞者悅服閱之不覺失笑以爵位與人屏絶稱謝者士夫先後而譴呵之其人兼良眞肯受此譴訶乎求仕者加一二譴訶即屏不敢言曰相矜接無乃勞謙豈非詭誕乖常此與裕美顏嘆以陶寬傲以氣太重王秀之為晉平太守期月求還或問其故答曰此郡沃壤珍阜日不足養山資已足豈

可久留以妨賢路時人以為戇當求黷此較貪墨不足者似求黷
尚有知之者蓋皆從征營蠅山貿貿人人奴民置國計民生於不顧矣
國家亦何賴有此具臣乎至沈瓚自云以清獲罪重陸冉陽顏以
人歷代來為承平要人計亦甚隨材理墨攸奮奮蓋清廉吏不
能承奉要人往往獲罪宦宦一職耳蔡撙在吳興不飲郡井不
知稽何處取水衆懷才為廷廉令不亞文秉祿武帝嘉之夫受
祿所以養廉飲井豈能擾民並此而不受不飲亦矯節沽名之
見君子所不取也大氐六朝風尚如此而作史者又率筆為文令與
旨新耳

初七日晴

閨人小病值節悒悒無憀命酒少酌殊不寫暢

愛日齋叢鈔溫公為張文潛言學者讀書少能自第一卷讀至卷末往往或從中或從末隨意讀起又多不能終篇光性專好猶常患如此從來惟見何涉學士案上惟置一書讀之自首至尾正校錯字以至讀終卷末終卷誓不他讀此學者所難也張甚愛文者孫子發爭論資治通鑑為之跋云溫公嘗曰吾作此書惟王勝之曾閱之終篇自餘君子求乞欲觀讀未終紙已欠伸思睡矣溫公所云學者之通患甚以何學士王勝之之事為讀書法

裴晉公寄李習之書曰昔人有見小人之違道者恥與之同形貌共衣服遂思倒置眉目反易冠帶不知其倒之之非也故文之異在氣格之高下思致之淺深不在磔裂章句隳廢聲韻也人之異在風神之清濁心志之通塞不在於倒置眉目反易冠帶也余謂晉公此言寔相之器也文人之言夫今之學務趨以爲文者皆磔裂章句隳廢聲韻者矯時文之弊而古文亦遠矣今之講宋學以立高者皆倒置眉目反易冠帶者也矯俗人之弊其去宋儒亦遠矣甚至矯中國疲弱之弊而必習西國語言以服洋呂宋衣服手持洋人玩好便目爲洋務人才而兵士皆戴洋笠隊軍必奏

洋樂亦高倒置着目反易冠帶何異實則襲西洋之皮毛而其悖慢更甚於勇營華頂席皮不值晉公一笑耳

初八日晴

永詩來談

向疑諸葛公好為梁父吟一事以為一桃殺三士之語詭誕不經何武鄉致意於此曉嚳集謂諸葛自為詞而自歌之今皆不傳所傳者怅步出齊城門一篇耳此說甚允又附朱瀚之說云晉致樂府解曾子耕太山之下天雨雪白日不得歸思其父母而作梁父歌本琴操也武侯早孤力耕為梁父吟意實本此又陸機沈約皆有作一則

云豐水零露一則云秋色寒光歎時暮而失志在吉而雪思歸

有合昕說亦採原之論按琴操梁山操者曾子之所作也曾子幼少

慈仁質孝在孔子門有令譽居貧無業以養父母躬耕力則隨

父母之宜利四時順宜以進甘脆嘗耕泰山之下遭天霖澤雨雪

寒凍思其父母自月不得歸乃作憂思之歌歌亦不傳武侯見

之故時時好為梁父吟也從來求忠臣必於孝子之門武侯進於漢

室其時生室始殲全家漂泊於荊州既不能為臣屬雄又不能歸

依先壟其憂從中來必有不能自已者而豈隆中之一桃二士之既所

能擬其曾決哉

初九日晴

得安圃書

初十日晴

得八弟書知十一至富陽視事

十一日雨

暻民來小坐即去以西洋蕈一斤寄樂山

十二日雨止放晴

閨人連日小病余亦鬱勃無憀信步至容民處略話即返閱蘇詩一冊

十三日晴

閱蘇詩稍有悟入處

坡詩自以錢唐作縱筆人皆知之然放筆為直幹不足盡坡之妙也試

玩其汪洋中之渟蓄乃知海之大無所不有請更續之曰自黃州始斂筆

如子由自南都來別聞之即云天子自遂容尚能長楚田一自字一尚字何等

曲折沈痛過飛猶苦意之肝肺鐵石便淺乃云猶未見子少小事窮

侍相從艱難中肝肺如鐵石天以小而要僕之兒子尚能耐此艱難

何況於我此其鏽餘肽征而無其迹者定惠院海棠云自知醉了愛根

風會揀霜林結茅舍止樞止鉞便覺咫尺萬里視他手規之自睫

者相題七寶壤矣更於臨別黃州一律及夜行武昌山聞黃州鼓角兩詩參之開合動盪節短韻長所謂鬱憤龍嵸悲為余安先生目道其詩境也更於岐亭五首參之分觀則一首各具一義合觀則五首同具一義亦且五首之中萬象渟涵眾峰復互繞之白雲堂渟瀦地歷日道所集非緣岐亭乃結束黃州一案猶之以蔡游壽絕筆平生結束海上一案也蓋統觀此詩則一首之中忽縱忽斂分觀此詩則一生之中萬縱萬斂重重道則用行舍藏之要訣則神明規矩矣世人任欲縱縱不欲斂斂放之且任意其縱縱不知斂其斂收從皮相扞迎直是自墮野狐禪耳

十四日夜急雨一陣甚快

復八弟書閱蘇詩竟日因取二蘇集置案頭擬披覽一過也

老蘇堅悍其文雖坡不能掩之所謂子雖齊聖不先父食也子由奏議獨絕其他文往往不及如作和陶詩序經坡公改定後覺原作有無限支詞客氣在以語附坡固鄙甚之於齊晉即以文論亦然其作商論以齊強魯弱齊亡而魯亡比商周以宋人之見夫商六百祀周八百年周祚固長商祚亦豈得謂之短促且賢聖之君六七作武丁周中興即紂之世亦尚未失天子之威命時豈周室東遷以後所能比方者後世與其為周不如為商明矣則潁濱此論可廢虞之失

內有宦官外有藩鎮藩鎮之禍至五代而止宋亦以兵歸天子得
禪此豈以為從而子由乃以藩鎮能制宦官為其弊由府兵在
外夫元唐中葉之弊府兵在外國唐之藩鎮府兵在內亦唐之宦
官耳其魁柄下移則一也而於唐之弊則由於貴戚之為宦官
所制使猶得幼主同遭積忌而藩鎮之弊已開不從此立論
而徒就其迹以議之亦何為哉規其意任使守府從容即
以為正統尚在所授節在有天子之名而於天子之柄漠然不會
與商論同一隔膜吾以為東周之存亦如商之亡唐之亡在
藩鎮實在宦官

頽濱自東坡殁後其人若存若亡豈所謂惠子既葬吾無以為質耶然晚節優游以頽然自適觀其第三集諸作一種沖和淡遠之致自是得力黃老之效雖頽率不害其佳其題東坡遺墨後曰懷然自一家嘗為後人爭多鄙晚流放肆來分死生全自至性中流露若脈絮詩云入口解鳴初未熟低頭唱唯不容壯乃似道士之訣又有耶此詩亦佛知其是難教語寶偈今又親手舉乃似小說盲詞不解何以粗惡若此雖日與文游非識由文字只存詩而因避禍養晦意故不欲詩而過作此等惡詩以自傷其品自壞其律呂耶東坡決無此等敗筆矣

十五日晴
檢舊篋得奏稿數通皆甲申三月易置政府後所上以疏遠不任而敢
並擬以隻手挽回內外大局非
聖慈在上必不全矣感喟久之晚作伯平一書燈下閱坡集一卷
姜伯約傳陳壽責其翫眾黷旅明斷不周案伯約以區區之蜀
屢擾以鮮誠非勝算然亦時之爲進亂固亡退守亦亡不如以責
伯約其失在放任降會所疑於後節不完者以此壽不忍斥之
故曰明斷不周耳非裴世期以爲若令魏將皆死兵事在維手殺會
復蜀不難設使田單之計解后不會便可謂之愚闇哉此說亦當

姜維原欲證〻鍾會併屠官已閉置益州諸曹屋中乃十五日事
胡烈軍兵與諸軍兵鼓譟赴城乃十八日事時方給維鎧杖也計
三日中會固疏閒維未能機警以致倉卒之際與會俱死使
其放杖之時預為出奇設閒計何不私藏甲杖死士以為之備及臨時
又遲速惟會命是聽是維不能用會而〻假用維耳且舉而又
會稱雖維得有此一舉即不舉而死人猶得原維之心萬一艾
會同心觀旋後出非隨仍遯隱何面目見涼州士大夫乎故不
當降而降既失身於前當備而不備又失計於後胡烈不周此〻
謂也然與其倉卒遇胡烈之變不如慷慨數鍾尚之殘耳

十六日雨

劉厲夫李菁臣范肯堂衛達三均來得都下書接桂雷要姪於初九日舉一子

姚姬傳有賈生明申商論一篇其略云申商明君臣之分審名實使吏奉法令而屢數可循守雖聖人作豈能廢其說至使述於景武之時則與屢封風而進者何異惟文帝仁厚而所不足者在法制故賈生勸之立君臣等上下法制定則天下安此皆申商之長也申商之短在於刻薄賈生之智足以知文帝然不如申商之刻特恐不能用其長耳景帝之天質固薄矣捷殺吳太子於博戲疏張

釋之而誅周亞夫其賢如此而晁錯又以申商進之何怪有吳楚之難云云余案姚氏之所見何淺也漢文託於黃老實好刑名即位之時盡誅惠帝諸子以爲皆呂后族此或迫於平勃其後淮南王之徙嚴道絳侯之下請室疑忌城陽濟北之何嘗不刻薄寡恩且守賈生本儒家所請改正朔諸事本有志於潤色太平而其學從李斯吳公出則不免偏於名法又徵窺帝之意旨故治安諸策參用黃老子申子而痛貶商君治秦以黃老商之分列賈晁之合太史公云賈生晁錯明申商者以賈屬申以晁屬商而姚氏混而一之無非本後論人之識何足以白文帝賈生之徵哉

十七日晴

葉九來奕苞金石錄補有唐薛稷蘭亭敘云唐搨蘭亭宗少而薛本不甚著晉江曾宣靖收藏李後主御庫墨帖有薛稷搨定武本為墨池水鑑諸家俗筆鉤勒失其神理此本乃曾氏從真迹上石猶可想其行筆遺意蓋稷為褚河南甥絶類同州聖教而精緊過之所謂何無忌酷似其舅者耶述書賦云少保師褚菁華卻倩非虛語也案舊唐書云稷外祖魏徵家多有虞褚舊跡稷銳意模倣當時無及之者若稷為褚甥何不云多藏其舅褚遂良舊迹耶老九來誤也是黃跋亦有之說殆沿誤久矣

十八日晴

晚傾皞民来

余家素喜惠半農之學而未得見其文也偶得國朝文選本睹其王安石論溫公論兩首有實獲我心者其論荊公也曰熙寧諸可行之法安石非行法之人大旨謂其進而韓魏公富鄭公已退厥引陰險傾側之人以自輔謂當剛以自強和以接物其論溫公也曰其始安石激之以怒衆其既溫公矯之以悅衆而章惇蔡京之徒遂假之以亂衆於乎激成乎矯矯卒乎亂激與矯皆非也宋儒嘗言昔之君子惟荊是從今之君子惟溫是隨二公既負盛名而左右附和之人實

衆人徒見荊公之法呂曾為其介甫而不知溫公之門下流為洛黨其氣燄亦復不少要皆有理無情逞執之見耶元祐之末政事已勢何待紹聖乎山谷屢以人才包新舊為言而不知才則決不宜關傳法則決不宜不關傳溫公創為以母改子之說則悖之之徒目必創為以子述父之說其時宣仁已屬衰年溫申均有舊老安得不謀深慮遠而後之情不可知之天曰必無是事乎以東坡之明且蒐夫之貌曲而差役一事尚不能入則亦與荊公之堅僻何異半農謂二十六年而法三變病日益深識時吐宋治亂之要也余頗欲作段曁元祐用人行政得失論

一篇俟之異日而暢發其論於此

十九日晴

馬頡軒來

讀孟縣王檢討梅字右和康熙丙戌進士韓厥子祀回及公孫杵臼程嬰存趙孤之事為詳攷之

魯曾煜字啟人號秋滕浙江會稽人康熙辛丑庶吉士有秋滕集屠岸賈論云屠岸賈以趙盾弒靈公一旦執邦憲急治靈公之賊以朔娶趙獻公女延悉意公不欲滅趙宗故不告而誅及趙孤既立屠岸賈及族人駢首就戮甘之如飴其人能行春秋之律執大義死其官者也

梁玉繩史記志疑云下宮之事左疏及史通申左並以史爲謬後儒歷辨其誣劉向采入說苑復恩新序節士本史譌也考魯成二年爲晉景十一年欒書始代趙朔將下軍朔前卒矣成八年爲晉景十七年安得云景三年殺朔同括嬰齊乎趙氏家亂何關於國若果治賊則當其時不能治逮十年之久反究誅於子若弟哉韓厥諫賈不聽景以不告景公而但令趙朔趣亡亦何許乎且後乎趙武從母畜公宮主朔卒之踰七年武之生雖幼亦十歲以上安得言遺腹而又藏索宮中藏匿山中乎且孤兒居宮中審何討以出之哉大夫請之趙後即在晉景十七年閔之年景公平安得言居十五年因公病景謀

立趙孤予晉經厲公時有屠岸賈其後無攷或云賈之籍文非

使有賈晉方鼎盛焉容擅兵相殺而諸大夫竟袖手

任其專恣無忌耶斯事妄誕不足信所謂屠岸賈程嬰

杵臼恐無其人史公愛奇述之兼著於年表韓世家自序傳

中而晉世家與左傳合豈非矛盾兩傳歟

佩綸案中壘持穀梁義而說苑新序兩載此事則程嬰公孫杵

臼之說乃穀梁家舊義也左氏晉景公夢大厲曰殺余孫則所

謂下之大業之後不遂者為出宗而指此事所傳年歲稍殊古書

亡時有之未能盡一梁氏何所見而以史為誣乎且如梁氏之言厲

公詩既有屠岸賈而左氏傳亦有程鄭遂謂雖有屠岸程兩族

安得謂屠岸賈殺朔嬰同無其人信左棄史不亦專己守殘矣余攷

三國語及左氏趙文子冠錄於伯宗被殺之後而指同之事宗郤爲

徵左氏成十五年三郤害伯宗譖而殺之及欒弗忌乃悟屠岸賈即

欒弗忌蓋始則欒弗忌與三郤並治趙氏其後郤氏又委罪於欒

弗忌而殺之也（十五年乃魯成十五年）誤爲景公之十五年乃觀文子歷見諸卿三郤之言

獨異韓張者以爲亡人之言實則向愧辭文耳立孤復田當在氏

時悼公時乃爲卿將軍也欒弗忌因趙氏家亂以濟伯宗之賊

頗具苦心故杜注以爲賢大夫歸之以趙私恩而已（成八年爲周簡王三年則三年亦非誤也）

二十日晴

晚翰香來，夜子涵奉外姑馬夫人赴蘇，舟泊新浮橋下，夜午省之。

後漢馮緄傳：緄以車騎將軍征荊南時，前後所遣將帥宦官輒陷以折耗軍資，往往抵罪。緄性烈，不行賄賂，懼為所中，迺上疏曰：埶得容姦，伯夷可疑；苟曰無猜，盜跖可信。故樂羊陳功，文侯示以謗書。願請中常侍一人監軍財費。尚書朱穆奏緄以財自嫌，失大臣之節。有詔勿劾。余謂緄少以穀詐得留書知名，必有卓識，而臨事乃乖謬於是。夫將帥之權甚專閫外，以軍財為要宗，今乃請常侍監軍，何異以湯止沸。夫其誣陷將率以不賄賂也，緄之意以為使

我私賭不可俾以覺財之權則公財入其掌握既既不私而又驗彼之
乾沒是無入賭之然而復得中飽之實益充其量耗竭度支刻削
軍食其弊不更大乎且將帥日與宦官為伍袒節陳閫微必貪懃而
不肖稗校附之為奸黨且撓我軍法朱穆僅以之財自據劾之罷
未痛陳監軍之弊也乎之監軍使者張澂奏號將傳婢二人
我服目隨又執於汪陵刻石紀功請下吏案假推黃雋議以為
罪無正法不合駁糾而軍還盜賊以歲緡役免官豈非自賍
伊戚我緇由畏宦官外撫降寇無非用讒來閑君子之大道小
時了之豈能稱才

二十一日晴　連日酷熱

子涵來談午後送外姑至崇竹林假寓略暫憩至酉刻与兩兒同返

子涵談京朝近事外號六迭崇議前塵自感積久不堪迴首

二十二日晴

至崇竹林順道答馬植軒蒲暮始返晚浴

廷尉有諸一廣雜鈔一冊專紀本朝帑項出入盈虛之數用意甚深子涵出都時寫一副本見詒其言切實著明救邊海者省改財存之舊以備西洋正預防土木奢縱之害雜鈔在同治初年而所見如此可云遠識矣

二十三日晴

留子涵晚飯竟夕不能成寐

二十四日晴

崔琴友同年來名瀅榜名登庚辛酉拔同年丙子入詞館惠人貌雅也其人好讀莊老書養生爲事午後携兩兒送馬太夫人之行夜宿紫竹林與子涵談竟夕不能成寐

二十五日晴

巳刻子涵奉母登新裕册午刻展輪余即返飯後酣睡夜得別下齋叢書閱之

呂居仁作江西詩社宗派圖宗派之祖曰山谷其次陳師道無己潘大臨邠老謝逸無逸洪朋龜父洪芻駒父饒節德操乃如璧也祖可正平徐俯師川林脩子仁洪炎玉父汪革信民李錞希聲韓駒子蒼李彭商老晁沖之叔用江端本子之楊符信祖謝邁幼槃夏倪均父林敏功 潘大觀 王直方立之善權巽中高荷子勉凡二十五人居仁其一也議者謂無己為詩高古使其不死未必甘為宗派師川固嘗不平曰吾乃居行間乎韓子蒼云我自學古人怡笑又以在下為耻曾慥漫抄云居仁雖託然亦而修行如氏方閩山谷內外集錄上下必須改核

二十六日晨起急雨陣始鮮秋暑竟日微陰

張曜卒福潤升撫湯聘珍升東藩胡燏棻升廣西臬司午後苦[illegible]

案見

儲六雅先生大文有存研樵集有解律光論云當迺孝昭日執楊愔燕子獻時金為左丞相至同入雲龍門而光且進子獻殺之濟南由是遂廢不識神武文宣曾何所負於金高光也又云光之閔叔左關被殺也曰龍子作事國自不似凡人王開淫亂識為罪首並當其時帝不為濟南之決者蓋無多當平以比疑之致偏論案儲說非也光既因以還都不散兵為帝所疑因入祖珽之譖至

琅邪王儼之殺和士開以兵少不入宮得從容召光光計亦從光至欲賜何至殺光之雖喜士開之死稱為龍子不凡並從不殺儼而就後主者以女為皇后故也其助孝昭殺子獻助後主執琅邪無非趨避附勢甘為鷹犬於逆順是非全不早止所以終為祖穆輩讒間而死在齊國自壞長城在光亦自破門戶豈能責以古大臣之義乎後來武夫專意往往如是無足深責每惜漢三明中如張奐少習尚書舉賢良此豈得以武將目之哉宦官矯制使奐與少府周靖率五營士圍武奐相擁旋而還不知奇謀其中常侍之濁亂竇陳之忠公平日豈一無所聞乃倉卒引兵迫武自殺

豈得以見欺豎子自解 此必平日有不慊於游平之事退於中
官積憾成此謀舉事後為清議所非而少府之拜不免觖望因
而讒邃封爵以自掩蓋試問其黨惡害正之罪豈讓爵所能
解乎張華在武帝時決伐吳之策何等明爽及中台星坼少子
韙勸之遜位華不從又何等游移及趙之殺裴賈后使司馬雅
甚之華知其必將篡奪距之尤力而難作時為何事而輒改
徒以空言相距豈非天奪其魄不得保也華為楊駿所誅於頗
頗歧及駿誅亂其見用故於廢楊太后時請依漢廢趙太后為
孝成后故事能守禮教春秋絕文姜少有依據豈試使以子廢母以

婦屬姑豈能以以姑屬婦之俗相襲似以氏三綱既隳絕此能引廉而

寸尚缺三人乎邪而爲之引經授典截斷穆堯乃一時身與及

華胥讀之者有學識者倉卒間尚以氏不歎曉人志士之嗟

得哉

廿六日晴

花農偉廷同來午後至初堂

顏之推觀我生賦注梁元帝時王司徒表送秘閣舊事八萬卷乃

詔比校分爲正御副御重雜三本左民尚書周宏正黃門郎彭僧

朗直省學士王珪戴陵校經部左僕射王褒吏部尚書宗懍

員外郎顏之推直學士劉仁英校史部廷尉卿殷不害御史中丞王孝紀中書郎鄧藎金部郎中徐報校子部右衛將軍庾信中書郎王固晉安王文學宗善業直省學士周確校集部其後無幾遂焚之海內無復書府云

祖珽雖狂士開陸媼忽離忽合始則藉勢終則異議其為人亦何足取而之推感其舊恩乃云孝徵用事朝野翕然政刑有綱紀矣駱提婆等苦其以法繩己譖而出之於是教令昏僻至于滅亡此豈得為公論李百藥北齊書於珽傳特亦稱內外稱美並密啓以誅琅邪騰謠以死斛律卒亦不能撼也之推說非為盲

老翁所愚真是情私且兩皆不識其人負重之以淆亂觀聽故百第六卷用其說耳

二十八日晴

崔琴友來談

易旅六二旅即次懷其資得童僕貞音義資本或作資斧非余案當作資斧九三喪其童僕九四得其資斧承六二資斧童僕最為分明若二文但作資則資貨與斧殊不相類矣王注殊不了了子夏傳及眾家注作齊斧是齊斧與童僕亦不類也即鄭虞亦未安耳

琴友言大學於平天下反復申明曰德者本也財者末也而其言曰必驕泰以失之廿一史中亡國不盡驕泰而獨曰驕泰者蓋戒失之貪戒失之弱其病無不始於驕泰其病之見徵無不成於財不足財不足而國不國矣而務財用者方且以聚斂為事所以無如之何其言頗有所見蓋漢之亡不亡於哀平而亡於元成之際宋之亡不亡於徽欽而亡於神哲之際明之亡不亡於啟正而亡於嘉靖萬曆之際問其何以亡皆驕泰也繼之以財不足而亡徵具矣君子知財不足之故由於驕泰則所以救居心之非當有在而不必徒以理財為急矣

二十九日晴

樵孫寄無欲齋詩抄一冊乃虎忠節公著按無欲齋詩抄四庫入存目中稱其大節凜然詩筆亦有遒勁之氣今考其五世孫荃原序知公本有詩集八卷未刊歲久已佚安溪相公處魏司空廷珍以殘稿畀而刻之為一卷間附評語是為成雲洞初刊之本 四庫館開直隸督臣采進奉 旨抽毀兩葉荃複重刊行之仍冠安溪原序而無評語是為家刊之本余近得高陽吳橋之集故以稟忠節遺書合藏之想見明季吾鄉忠義之氣至今光燄萬丈也

辛卯八月初一日晴

閬仲約前輩視順天學午後過仲璋略談得安姪節九書

與允臧病仍未愈殊可念也

讀左氏傳以史記證之

魯世家初惠公適夫人無子公賤妾聲子生子息息長為娶於宋宋女至而好惠公奪而自妻之生子允登宋女為夫人子允為太子索與左氏傳文多以不知太史公何所據而為此說譙周漏不一信此梁氏志疑亦云不聞衛宣楚平之事概目惠公想因隱亦娶于宋

稱子氏故誤也儀倫案梁氏之說亦善蓋隱公二年十有二月夫人子氏
薨左氏以為桓公之母公羊以為隱公之母穀梁以為隱公之妻史公
備聞三家之說其時張蒼賈誼必有傳授口說如此故不取公羊
而斟酌左氏穀梁之言以志春秋託始之微固不必援左以難史
公不必因史以疑左並存史氏一解益見隱公之廢與子允弟閒
褒文而不失其正而桓公之罪上通於天矣
子般史作斑長說梁氏女往觀圉人犖自牆外與梁氏女戲左氏
作雩講于梁氏女公子觀之左氏乃古文史公所釋為長說者子般
釋為雩講於是以女公子為句作為子般之妹而史公則讀公子觀之

為可也戲前是後非或前疏後密無從攷核嘗謂今古文之尚
書之紛紛聚訟其誤由文字不畫一者半誤由師說不畫一者
亦半此攷執以蔽彼皆專己守殘之見也

初二日晴

琴友肯堂畢氏歸來

齊桓公之蔡姬史記以為蔡繆侯之女弟定四年劉文公將合諸侯
于召陵將長蔡於衛祝鮀私於萇弘而出史則云蔡侯私於周萇弘
以求長於衛衛使史鰌言康叔之功德乃長衛葉氏夫公是也鰌鮀
同從魚故子駿誤鰌為鮀二人皆字子魚故無分別觀其言儀之不

撓乃直哉之辭非倍者之說梁氏以史為誤非也

初三日晴

史記晉世家太子申生其母齊桓公女也曰齊姜早死申生同母女弟為秦穆公夫人果爾則晉文為桓壻秦穆又為桓之外孫壻二霸後先英才國有種耶莊廿八年左氏傳獻公烝于齊姜生秦穆夫人太子申生註齊姜武公妾故僖十五年疏云申生之母本是武公之妾武公末年齊桓始立不得為齊桓女馬遷妄也大事表有齊姜辨駁左氏之誣謂莊二十八年晉使申生居曲沃係獻公十一年若烝武公妾所生想當在即位後年不過十歲以稚子守宗邑適足啟戎心而使民慢何謂威民懼戎某史

記重耳奔狄年四十三計守僖年二十二此夫申生居長其生當在獻為世子時寵耦意齊姜乃未即位之適夫人後因寵衰見廢橫加之罪左氏固而甚之耳申生為千古純孝而其母蒙不韙之名不得不為之辨余按曲沃并晉在齊桓七年其欲以周命安知不倚齊援故史記所言是發晉武禰陰之隱左證不待辨也猶申生以讒自縊正召陵伐楚之時桓及管仲竟不能討晉獻易樹子之罪國由申生自縊不肯蘇過於文伯之無由而知亦以專力攘外不能兼顧其私故諉諸不預葵邱之盟內愧於中因寧孔一言而止顧後會秦立夷吾以女妻重耳因由於此快左氏之為劉歆竄改也

疑齊姜乃桓女弟妝晉重乃以女戚重耳之

長當依列女傳作宗女

辛卯下

五十

豐潤張氏澗

初四日晴

阮文達有南北書派論北碑南帖論言之極詳大致以北派為宗而於二王有微辭今北派盛行實文達之言開之也其鼓魯公坐位帖亦云魯公楷法亦從歐褚北派來而非二王之派雖入之南派是使李國擾頭巍徵嫵媚殊無學識矣余謂文達此說似過大要碑與帖迥殊而南與北無別書家未有不長於隸者今以草行屬之南而以隸楷屬之北不就其進言之耳豈得以魯公書為長於張猛龍碑後行書乎試觀蘭亭所改數字均有隸意似在章艸行隸參半未可岐而二之也

初五日陰

皞民來時言撫部友濂過津欲調之至臺以為助也

能改齋漫錄載柳公權謝人惠筆帖云近蒙寄筆深荷遠情雖毫管甚佳而出鋒太短傷於勁硬所要優柔出鋒須長擇毫須細管不在大副切須齊副齊則波磔有憑管小則運動省力毛細則點畫無失鋒長則洪潤自由頃年曾得舒州青練筆指揮教示頗有性靈後有管小鋒長者雖惠一二管即為妙矣

余不能作書而用筆每喜管小鋒長者得此書益信或者於書家尚可入門乎錄之以備擇筆之準範

初六日晴

過晦民觀坡公所寫金經乃吳清卿所藏偽迹也

陳後山云余以古文為三等周為上七國次之漢為下周之文雅七國之文壯偉其失騁漢之文華贍其失緩東漢而下無取焉余方輯漢文為讀本閱此爽然但西漢之文豈得以華贍二字盡之乎是以將者之難不可為訓也餘師錄又謂陳后山初見南豐先生南豐問曰讀史記否后山曰自幼所讀之南豐曰未也要當且置它書熟讀史記三兩年來后山如南豐之言讀之後更以文見南豐南豐曰如是足也果爾后山方得力於史記而乃薄西漢之文以為失之緩耶

丹武驛之後之夫亡為女者所宜知也

初七日晴

連日琴友來話不能多讀書張子施以所藏壁敎見示紛紜二字

尚完非北宋印畱視還之鐸氏過談

借本也

初八日晴

過晦若略話宵堂容氏在坐

閱平宋錄一卷杭州路司獄燕山平慶安撰實劉敏中所作也其中有

宋太后書傳於淮東制置李知院詞曰吾老矣值此時艱以奉大元皇

帝詔書俾相率來附以全宗社以保族屬以救萬姓並事已至此無

可奈何舉國內屬今大兵在城三宮不驚九廟如故百姓安堵其餘州縣已戒嗣君下詔開諭俾各以其地歸于大元卿自守孤城勤勞已至但根本已拔縱欲固守民其何辜毋重困一方之民也少帝詔亦相同此等文字類皆隨降諸臣所擬豈能與言觀例並都輦已降臣賴之孤臣固守偏隅復存宗社即不能如少康一旅復立中興亦居蜀梁之天曆北漢之乾祐尚可支吾歲月乃迫於元之兵威託故主論者為新朝騰說欲使兵不血刃而忠義在心争來絢出攘筆者真全無心肝之流也天祥同鄉之所學甚為宏通而終於攘家名教非以忠臣節之虧歟

初九日晴

寄八弟書

初十日晴

寄高陽一函晚送琴友行

琴友勸余治左氏取其辭令足以折敵余曰此風已古矣今之西人固恃辭令折之然實非辭令所能折也然有時亦可以辭令折服如巴夏禮論浙絲兩稅防其僥倖則余以土貨改洋一年不合條約折之巴發甚亦遂罷議是在人耳

左氏辭令亦有不可盡信者如子產毀垣之類由平日為晉卿聲氣

朕將故敢於如此不由辭令之善王孫滿對之輕重似乎詞嚴義正并亦時形勢楚亦不敢犯周耳最不善者莫如晏嬰其與叔向私語一段直是為陳氏作篝火狐鳴嬰乃陳氏之黨夫子稱其善與人交久而敬之亦尚未盡知其隱曲也勢足以吞敵雖如呂相之絕秦信遇實正勢不足以折敵即如管仲之責楚似壯實浮若政出多門不心競而力爭即行人皆如子員合二國之成亦所補者小耳故衛公無道而不喪正以治軍旅有治賓客並重否則雖專對之長而無禦侮之實亦辭令要奚為

十一日晴

繆氏來談借陸敕先本觀之乃常禹舲所藏今贈之一富人者

單縣以為南宋拓而跋述齋以為北宋也述齋名壽彭述齋之說何足以駁單縣另為

跋以駁說甚並叛帝目跡耳

禹舲跋始得金匱孫文靖二冊一項子京本一寶嚴本又得兗州空山堂牛

氏本紀文達本郭萬發本魏唐錢王付本默字本為大佛閣龕

之宋其後錢本以遺文孔脩先生又得曹秋岳北宋本吳門沈氏之

藏本以本為伊墨卿所得錄之葉雲谷葉錄之盧厚齋盧之後

人錄之禹舲

諸跋中所見宋本

伊云 南堂本（方環山所藏 有顧師仁跋） 翁云潘毅堂所得魚門舊本

王芑孫云滿洲嵩齡与九漢軍王棟筠圃及唐冊先生藏本（筠圃本即陳焉樓宋戶部冊子拓本 壬年見之） 趙懷玉云家藏一本與之汪容甫与此相彷 陳其錕云見

黎瑶石山人宋拓本索價千金 吳榮光云程氏三長物齋本及余所得

玉壺秋碧本 因此宋而未免攙淡 其無一字一筆描補者惟此与余飛

香閣本耳 毅云家藏村敏仲手題 慶曆拓本与此如一手拓出

棠云恨鄰王郭允伯二本皆尚偶之

十二日晴

晚作伯平夫人王氏墓志一篇寄伯平書

十三日晴夜雨

吴太守熾昌辭回廣東午後承詩來談

春秋宣九年陳殺其大夫洩冶左氏傳引孔子曰民之多辟無自立辟其洩冶之謂乎詩大雅板箋民之多為邪辟者乃女君臣之過無自謂所建為法也此詩乃凡伯刺厲王之詩孔子引之以刺陳靈正其君臣宣淫之過穀梁傳云稱國以殺大夫殺無罪也正合聖意乃杜注則云洩冶直諫於淫亂之朝以取死故不為春秋所貴而書名釋例則云邪辟之世不可自立法國無道危行言孫一著洩冶大不為春秋所取者孔疏從而文飾之責洩冶進無

匡濟遠策退不見行言遜憾難不去仕於亂邦以區區之身救此一國之淫昏死而無益以此乎為仁讓法為猶此書首備述家語與杜注互相表裏蓋親晉之開視君臣如傳舍故其立言乖謬如此孔沖遠當貞觀之世見諫臣之屢被誅夷而黨剝主非本同辰顯乃借此為君父渴而自託於明哲保身之智謂情急之變君不能得之於臣父不能得之於子顯負於君父遺所以益諂而從諛似此顛倒是非實種生中之毒賊左氏罪人也余每思仿劉氏規杜之例取杜之說條摘加糾正以發明春秋之旨惜學識未深不足畢指發至凡於此以告天下之讀春秋者

十四日　雨止，驟涼

閱五代南唐史，世宗之正勝於宋太祖之譎。陳覺矯命欲殺嚴續，帝曰：續乃忠臣，朕為天下主，豈教人殺忠臣乎。何等光明磊落。林仁肇有威名，宋潛畫其像，引使者觀之，問何人，曰林仁肇也，將來降，故以為信，國主鴆殺仁肇。此何等舉措也。藝祖無一足取，余最不喜之。

宋太宗之逼德昭，路人皆知。宋史云帝聞之驚悔，往抱其尸大哭曰：癡兒何至是耶。此亦事後自文之言。長編乃引涑水記聞，謂德昭好啖肥豬肉，因而遇疾，本趙鄰幾為考者。韓並陀無史臣之任，此等事存而論之矣，必曲為掩飾以欺天下後世，是何心乎。溫公此筆與楊士奇陸廷

文寶錄何異

宋太宗既殺涪陵乃從容謂宰相廷美母陳國夫人耿氏朕乳母也後出嫁趙氏生廷俊云云李昉曰宮禁中事非陛下委曲宣示臣等何由知之畢氏致異謂果如太宗言則宣宗私其子之乳母而使有子是淫也杜后又不能容而使出嫁是妒也一言而兩彰父母之失鄉黨自好者恥之身為天子忍言之乎此諱欲蓋彌彰耳余以為兄弟親疏豈以同母不同母為之有寵則誅管蔡不足病周公反是則涼薄殘忍而已矣太宗欲掩其殺弟之名而誣其父母此而可忍孰不可忍

宋之開國此臣不足道也

十五日晴夜月甚佳

邀貴臣陪仲璿飲夕雨兒侍談刻餘

張若霞云司馬遷年二十南游江淮上會稽探禹穴窺九疑浮沅湘北涉汶泗講業齊魯之郊過梁楚西使巴蜀天下靡所不至晚年方敢論次前世著書成文天文地理古今治忽無所不總故學者居一室之內守簡策勝舊聞任獨以決天下事鮮有不謬者余因之悅然少年浮游江南未得山川之助兩闈壯遊僅歷城河及今伏處一室羅若山居見聞亦歷宜其文字之不進而識力之不高也蓋悅想濯足萬里流振衣千仞岡一滌此塵襟也洛托耳

十六日晴

過晦若談　朱久香解館來辭

唐之初政莫謬於用封德彝，舊傳謂倫爲其舅所知，曰吾子智識過人，必能致身卿相。其營仁壽宮爲楊素榮，獨孤必悅，素歎伏，以爲揣摩之才，非我所及。其後引與論宰相之務，終日忘倦。所謂宰相之務，揣摩而已。遂以此揣摩之計結虞世基，諂順煬帝，及化及弒逆之際，改以揣摩化及，及逆數帝罪以在高祖初甚任用之，據其過當貞觀政令一新，豈宜復寵之以僕射，恩禮始終，且身後以陰附建成，始黜贈官，改謚爲繆轉失之私矣莅徒爰善用揣摩其後徒於敢鹽亦足見揣摩之無益而以卑諂從逆之小人用其揣摩小術可以欺神堯並可以欺貞觀亦足見人情好諛雖明君亦不能免此揣摩之技所以至今不絕而世之相士者且以能揣摩為作卿相之符也悲夫許敬宗忌封德彝或有所挾入敘

十七日晴

送久香張楚寶來至仲彭閣談良久午後弢訪過談傍晚飲酒一卅食蟹八隻醉臥涼榻上快甚

十八日晴

顧緣民以右軍感懷帖墨蹟見示前有貞觀十二年勅題名五人劉洎馬周顏師古岑文本官階皆十五年十七年所除其偽顯然而後有梁風子楷右軍題箑圖頗佳

十九日晴

宋之開國最不正操之篡漢取諸群雄之手至始受禪然千古言亂臣賊子猶云操莽太祖功績亦不甚著特以周室孤兒寡婦秉兵權在握倉卒議取陳橋之變蓋其已甚矣史臣曲為之諱則曰諸將露及定議策太尉為天子驚起未應黃袍已被於身似太祖本不知謀者然不能自掩其實於后聞之曰吾兒素有大志今果然矣所謂大志

者何志哉篡而已矣涑水記聞謂王彥昇擅殺韓通欲斬之既乃廢棄終身畢氏以東都事略攷之則彥昇膺邊州重任初無廢棄之事溫公特曲護之詞耳宋史亦云太祖幸天寶寺撤通及其子畫像輟後修之史不能為溫公爭審第以溫公之說求之亦可解於篡周之惡夫擅殺周臣而擅廢周主謚有餘矣自掩篡弒之罪而以助逆之臣為非有是理乎其為弟所弒子亦幽終非不幸也其後宋北不能制遼西不能制夏亦正坐此蓋緣基不正時慮藩鎮跋扈兵備不修名不正事不成無足怪者以宋臣多文飾論者無寬於藝祖特深論之以補昨作之脫

二十日晴

作居庸關道頌一篇應州人之請贊以塞此友之諾

二十一日晴天氣復燠

花農來談胡雪楣云得閣帖祖本余頗疑之而楣送余審定則肅府本耳第九冊諸余帖闕十八字相傳肅府僅得九冊而闕第九冊以他本足之按各本俱某本闕此十八字而右思評史有闕傳沈下像四字肅府補此四字而諸余帖未補蓋未知其有殘佚也

二十二日晴

得八弟書洪翰香以家刻汲古閣説文樣本見贈

二十三日晴

浴罷夜過范肯堂一談

近日作古文者墨守古文辭類纂一書皆康氏刻也實則吳刻視康多一卷乃姬傳晚年定本惜吳所藏本無方劉之文別本有之今宗以康本一例刻入鄙見刪之為允其圈點有時文選家氣吳刻已盡還姬傳削去而或者不以為然真兒童之見也偶與肯堂談因筆之

二十四日陰

鄒氏來談午後邵班卿自都應試歸過仲璋與之暢話夜至

容氏履略堂

阮文達於廣東學海堂數文筆策問云六朝至唐皆有長於文長於筆之稱顏延之云竣得臣筆測得臣文是也何者為文何者為筆何以宋以後不復分別此體按文筆之稱昉晉書蔡謨傳文筆議論有集行於世其後分析最明者莫如金樓子不便為詩如閻纂善為章奏如伯松若此之類汎謂之筆吟詠風謠流連哀思者謂之文文心雕龍總術篇今之常言有文有筆以為無韻者筆也有韻者文也最為明晰蓋此目六朝人語至唐而止未可以槩周秦兩漢也乃文達固執此義作文選序書後謂必沈思翰藻始名之為

文凡以言者著之簡策不必以文為本者皆經也子也史也極之以化為文而唐宋諸大家乃經子史非文其說已奇又作文言說以為孔子以用韻比偶之瀎錯綜其言而自名曰文何後人必欲反孔子之道而自命曰文其尊之曰古此欲矯後世尤文之說而持之太過轉道支離有不可以辯者今為詳攷於左

劉天惠文筆攷云漢書賈生傳以能誦詩書屬文聞於郡中終軍傳云以博辯能屬文聞於郡中司馬相如敘傳云文豔用寡子虛烏有揚雄敘傳云淵哉若人實好斯人初擬相如獻賦黃門以上若董子工於對策而敘傳但稱其屬書馬遷長於敘事而傳贊但稱其

史才皆不得提能文之舉焉蓋漢尚辭賦所稱能文必工於賦頌者也
余按此說謬甚也廣川有山川頌子長有賦八篇見藝文志豈不能為
辭賦者況漢書儒林傳稱仲舒通五經能持論善屬文江公吶
於口臣與賈生終軍同被屬文之名而所謂屬文者乃指其說公羊
之文非指辭賦也太史公自序云於是論次其文十年而遭李陵之禍
班氏司馬傳贊曰其文直其事核正與序傳史才相證非指辭賦由此
推之鍾亦文史與文安得舉文而溥屬之有韻者乎
論語一書言文者甚多如則以學文馬融曰古之遺文也文勝質則史
彼文專主有韻之文乎豈以史目之而馬融云古之遺文則決非專主

有韻之詩信矣或以文謂質或以文謂行文之所言甚廣如以有韻為文
直言曰言以辭爲之文言則夫子之文章皆有均者夫子之言性與天道
皆無均者其說可通乎文達欲矯古文之說立異而不顧其安遂欲
以六朝之常語殊律賍人斯則引唐律斷漢獄可怖之至也
說文文錯畫也象交文此文字本訓並奇耦相生如錯畫不必耦而
始為錯畫也辭意相綜亦如錯畫不必有韻始為錯畫也阮氏引
考工記青與白謂之文謂兩色相偶而文錯之乃得名曰文說殊膠泥以孟
子證之其文則史不以文害辭是詩與春秋均為文何有均無均奇偶之對
哉

二十五日晴

劉獻夫丁縣候補道李興銳勉林署津海關道昨得九弟書復之

張天如漢魏六朝百三名家其集名多由意造以隋唐經籍志校之當云大中大夫東方朔集文園令司馬相如集膠西相董仲舒集諫議大夫王褒集皆因之曰東方大中司馬文園董膠西矣至劉向劉歆隋志作諫議大夫劉向集大中大夫劉歆集唐志但云稱名而天如則改稱字矣如張敞集隋志一卷錄一卷唐志二卷就班書輯之豈可復稱舊而天如遺焉蓋就其文多者彙之成集故未細考故褚大補史記亦名之曰集果爾則司馬史記亦即司馬遷集漢書亦即班固集耶余端居多暇思輯兩

漢三國之文以目娛而梅氏所選文紀不可得張氏所集文代散佚不善乃以四史及舊類書為主分門別類冀由兩京文字之流别推以上溯周秦下暨六朝始識其緣起於此其詳則書成時述之

古文苑以韓元吉所次九卷本為善章樵本取史冊所遺補之為廿一卷已失其舊然守山閣所刊有校勘記於所補者一一證其所出均有據依故余選此讀本亦兼取之其九卷本之多可疑者如漢高祖手勅太子不類高祖生平董仲舒集敘明述採漢書為之而章樵山同麓乃為之飾注云班校以代傳非也此類與其傳覩不如從删以嚴漢文之斷限耳

二十六日晴

弔劉巖夫母喪晚李贊臣洪翰香均來

孫淵如有續古文苑其所輯漢文不少皆一一注明所出今全采之墨池編載趙壹非草書一篇云前任涉學皆廢倉頡史籀競以杜崔爲楷私書相與猶謂就書適迫遽故不及草草本易而速今反以難而遲失指多矣佩綸案此非漢人語也舊帖中云忽忽不及作草者以示別作草稿而申以此行楷之字作隸上之草非云作草書也並唐以後之不達斯義東坡云頗欲草書續之終稍成他日不忽忽亦沿此誤

二十七日晴

寄都中書有揖弁也

二十八日晴

觀林詩話語翁跋半山書云今世唯王荊公字得古人法自楊虛白以來一人而已往時李西臺能賞楊少師今公堂林李蘇荊公字數百字未見賞音儀編葉山谷他日論書又云以來蘇子瞻獨近顏楊氣骨又云東坡本於善書自當推第一荊公東坡之人書不相類而自語翁云云竟似孫塗陶隸蚨南論元豐元祐時政而曰人才已新舊者似未盡公實調停之見耳

二十九日晴
午後過獻夫復至睪民屢少談馬植軒來

三十日晴
感寒偏體痠痛

九月初一日雷雨 合肥州挨趙曾重由都至
睪民來談

初二日雨時作時止
閱唐文粹一二卷得八弟書

初三日晴

王翼北由山東德州入都舟行至楊村十餘里〻打漁莊被盜刼去衣物折回天津留宿寓館爵順天捕務廢弛盜賊橫行以都津密迩之運河連艨夜泊竟敢以洋槍刀械擁入舟中肆行刼掠可歎可恨合肥即飭電字營馬隊會緝以靖孔道盜源是日又得都電前月廿三日瑞姪生一男也

初四日雨

初五日晴

初六日晴

表廚回允言寄來廿一史文鈔乃明楚北戴光祿羲所選戴字

馭長到字匠野館例甚劣還之過獻夫

初七日晴

得元纂圖互注荀揚文中子三種荀子為戈順卿所藏揚子文中子兩種則孫淵如所藏皆元時坊本校讎不精舛誤不少并屬託從校荀子頗據以訂正以改字究少於此本也

初八日晴

楊瑞生來辭赴河南非適有寬閻錢應溥赴豫察辦事件之命來叔何事也晚招皞民永詩及冀北夜飲劉禮卿挈眷出都

初九日晴

翼北偕孝達之妹曰泉孝廉棣偕行請合肥派馬兵二人送之午後挹酒持螯蟹不肥而飲甚暢頗然醉矣復八弟一書晦若來談

初七日晴 是日午有微雨

初八日樂山有書今日有暇復之得都中東闈十五名南書房用陸寶忠張百熙康生攻而未得以資序較後也繆小山荃孫遣濮未見送刻書數種曰三水小識曰吳興記曰集古錄目曰繆燧名宦錄曰繆鑑致輯集畧校甚精

十一日晴

袁偉庭觀察世凱自朝鮮乞假回籍過談

石笥山房有書周遇吉事據榆次王瑤所作節錄一篇謂李自成急攻城孫守謂以周遇吉獻否且屠遇吉闔門乃使人縋之城下見自成大罵竟為賊磔殺聞其故老往往與瑤合因作論哀其死而恨其失余謂韓廠以文處心刻薄極矣按明史本傳遇吉退保寧武賊大呼五日不降者屠其城遇吉四面發礮殺賊萬人火藥且盡外圍轉急或請甘言紿之遇吉怒曰若輩何怯耶今能勝一軍皆忠義如不支縛我予賊於是堅守力盡城陷遇吉巷戰被矢如蝟竟為賊執大罵不屈賊叢射殺之闔家盡死其死事慘烈如此顧按王瑤輩韓輩乃加誣衊寔心不厚如此宜其潦倒以終也

十二日晴

袁偉庭又來贈權懷素平百濟碑一通作寄安圃及賀廉生書二又

都偶 夜閱電音以榜發聶濬均下第同郡劉鎮疆中式豐潤中張士麟及楊毓鑫王芸閣等四人

元王惲玉堂嘉話引鹿菴先生云前漢列傳多少好樣度于後補一

銘詞篇之走倒蓋墓誌碑表作者觀此足矣不必他求曹南湖上嘗說

作銘辭法度謂此一人有數事將處取其重者論之及詳史漢

論贊之原蓋出于此

劉禹錫有西漢文類序云商周之前文簡而野魏晉以降則蕩而靡得

其中者漢氏漢氏之東則衰矣惜其書不存

東坡答劉沔都曹書云識真者少蓋從古所病昭明蕭統集文選世以為工以軾觀之拙於文而陋於識者莫統若也宋玉賦高唐神女其初略陳所夢之因如子虛亡是公相與問答皆賦矣而統謂之敘此與兒童之見何異李陵蘇武贈別長安而詩有江漢之語及陵與武書詞句儇淺正齊梁間小兒所擬作決非西漢文而統不悟劉子玄獨知之

按近姚姬傳選古文辭類纂其辭賦類一門即本東坡此說而我桐城諸人昧其所自聞之能毋矣東坡文學周秦西漢故能知昭明所短阮文達乃堅主昭明文選之序強欲以既上例兩漢所論殊泥

十三日晴甚燠

過梅若慰其兩弟秋試被放也閱後山文一卷

後山集乃雲間趙駿烈刊本四庫所收即此本也提要云其古文在當

日殊不擅名然簡嚴密栗實不在李翺孫樵下殆爲歐曾蘇王盛

名所掩故世不甚推棄短取長不失爲北宋巨手業魏衍記謂先生

之文早見稱於曾蘇二公世人好之猶以二公故也觀其論文之語見於

餘師錄者知辭香南豐淵源有自耳世以後山詩勝諸翁未爲

公論其文則過諸翁遠矣

十四日晴

皞民來談不甚暢得九弟書

十五日晴

得桂林電安圃署臬司并錄得康生父子書

讀文紀後二年與匈奴和親詔亦自懇至後六年匈奴入上郡矣乃知彼族非可以信義結因和繼備無策之尤者

買得通德遺書及幼髯孔氏說經稿幼髯為三禮之學既集康成諸書復肊測周禮儀禮別有明堂禘祫吉凶服用篇於鄭注亦頗辨正顨軒之從兄也名廣林

十六日晴

作送睥氏之臺灣詩二首

十七日夜雷雨

午後睥氏來候自翼其北留宿齋中讀書之課中輟今夕少眠思復舊課以免學殖之日荒也內人以余困於蠹魚詩文殊少奇氣勸余稍綴考證其言亦是乃檢二史於案頭擬日閱十餘葉以培其氣夜為兒子改字論四篇

卓茂之封褒德侯論者皆以為表彰循吏也其實不然茂元帝時學於長安仕哀平閒及王莽居攝以病免歸郡常為門下掾祭酒不肯作職吏傳末又云茂與同縣孔休陳留蔡勳安衆劉宣

楚國龔勝工舍鮑宣亦人同志不仕王莽故光武以宣龔安咸侯
後永休勤于孫而勝之子賜宣之子永亦俱貴顯封茂之詔曰觀
節涪國寶嘉其不仕於莽心不忘漢也此傳述諸家後漢書
之文范史移蔡勳于蔡邕傳中而表彰其節之義晦矣
其時不仕王莽者如蔡茂以病目免往隸賓雖宣秉見王氏擅
權專政隱遁深山王丹當王莽時連徵不至隱居養志王良當
王莽時稱病不仕教授諸生郭丹以王莽之徵與諸生逃於北地
皆當遁為合傳以彰其節范生劉宋之世不知忠節之義故不
復重之章而舊傳未盡删落耳馮衍不仕莽朝而為廉丹所辟

勸之不聽及丹死然後亡命實為進退失據者不足與諸賢伍也

十八日晴

張樸長自都來

十九日晴

邵班卿來談得潤師書晚仲彭過齋中閒話

二十日晴

仲彭招至其齋與張楚寶接商館師事有嚴韡長永寶

齋李應若以書畫來售買扇面十餘價甚昂

二十一日晴

張樸君來談，復與李容評量書畫良久。

二十二日晴

復八弟書，送巖夫扶柩回籍，廿五登新裕舟。過樸君，文知張師母當夫人下世，為之憒然。

二十三日晴

洪翰香來。

鄧班卿以邱心坦履平詩來，且云今之郊島，閱之則吳捷督長慶周杲同馥容耳。余謂郊島寒瘦，亦詩人不易到之境。寒亦不難，瘦亦不肥，不肥不難，亦足以為詩人矣。退非如騎將軍馬自稱難

是子者所能為也

四庫提要郊詩託興深微結體古奧自韓愈以下莫不推之雖蘇有空螯小魚之誚元遺山有高天厚地一詩囚之句究之郊詩品格不以二人減價

六一居士詩話云島哭柏巖禪師云寫留行道影焚卻坐禪身時謂燒殺和尚此可笑也若步隨青山影坐學白塔骨又獨行潭底影數息樹邊身皆是島詩何精粗頓異也苕溪漁隱云余於此兩聯各取一句而已坐學白塔骨可見禪定之不動獨行潭底影可見形影之清孤島嘗為衲子故有此枯寂氣味形之於詩句也

余謂作東坡詩不讓貞曜作六一詩不讓浪仙蔡則與為輕倚不如寒瘦觀韓畫眼句竟是勁敵而都瞠昌黎詩云衆人尚肥華志士多飢羸願君保此節天意當察微島寄韓潮州詩云峰懸驛路殘雲斷海浸城根老樹秋便似韓作不可以寒瘦輕之也

二十四日晴

韓氏及張子蓀來云相之大獲武清之盜贓廉生來領失物

盜皆河南山東人也

二十五日午後陰微雨

以銀四百兩寄吳壯孫為葉子晉償之也交西號日昇昌寄張樸君李贊臣陳觀

虞范肯堂先後來

廿六日晴

合肥贈浙江畫一冊有張芑堂題芑堂名燕昌海鹽人夙耆金石撰古來飛白書考又於范氏天一閣藏書中獲北宋石鼓文搨本因撰石鼓文釋存此卷即以飛白書端日石鼓亭所藏神品臺灣邸友瀛所贈也余舊藏浙江一卷有紀伯紫王于一呂半隱蕭尺木費此度諸人題午後與菊耦展舊藏画卷觀之菊耦以汪黃石所画海市圖及詩雄闊可愛余則以桃源一幅為佳因笑曰吾宦時人卿其儒士也

偶舉燭影斧聲之事問閨人謂此事太宗果弑否閨人云太宗直

弒耳以春秋之法必書弒后明甚何以言之通鑑長編宋皇后夜召德芳繼恩以太祖傳位晉王之意素定乃徑趨開封召晉王王猶豫不行繼恩促之后見王愕然遽呼官家據此即見瑕隙矣太祖果欲立弟何為時無一言然則帝自遺命立子而晉王陰結宦官直入突然奪之孤寡其後乃以金匱之說立天下耳宋后之喪不成德芳德昭之死其無兄之迹已不待書而自顯初何煩攷湘山野錄哉且以湘山之說證之則是夜帝本無疾忽焉而崩尤可疑惟穀梁謂鄭伯克段處心積慮成於殺太宗本建陳橋之策導兄以不臣旋即報兄以不弟蓋代周之日兄已顯而弟尚微故如商人之讓惠公及

海内小康，咸名臣立則弑其兄殺其子而代之，視齊之武成等耳，亦屢心積慮而成爭殺者也。宋臣文字滲飾弥縫，使弑兄之罪不彰，目不豆據耳。全日卿竟以茗吏斷獄，識力甚辣。

廿七日晴

送皞民行。康生遠汜來，昨夕至，寄來明拓唐帖四本：皇甫、鴈塔、圭峰、元秘。

廿八日晴

皞民來辭，赴臺灣。約晦若、容民來齋中，以舊書畫共賞之。時論古來此類攜有名人小品，力不能得，姑縱觀以飽眼福。以食物數種寄瀾師，杜夫人有疾也。此事直難慰藉，思之耗

悵觸於懷

廿九日晴

毛彝生世兄自都來贈湯文正嵩談錄稿鐵梅庵臨聖教一本午後得康生書以權悵棗平百濟碑拓本贈之嶽其精拓雁塔劉蓀庭藏本也賚戈什入都寄都中家書附安圃十一書康生有宋拓大觀帖乃沈壽榕所藏售與其尊人蓮堂先生者何義門有大觀帖跋云其鷩鴻游龍之勢固是天人止使筆尖著紙不肯用盡腕力郁鋒中意到於古法無參差也中有別字乃邊入石豈右石無臣人如書所謂僕臣諫職臣目聖者耶 此又丙丁

通鑑之一事也翁覃谿復初齋有大觀帖跋數則大致以太清樓帖無翻本其亮字不全本乃榷場本亮字項脚微微尚露畫痕不甚邊皆有刻工姓名近日多有獲寶賢初搨充大觀者陳香泉隱綠軒題識云從華亭總憲處觀退谷所藏宋搨止存八卷亮字末曆墨色純黑與世所謂宋搨趣霜相若迥然不同今廉生借寄一卷不知亮字全否墨色沉黯字皆飛動可寶也

三十日晴

午後答聯仙蘅自安慶來答毛荔孫萬荔孫僅存一弟名繩錫仙蘅有二子二孫長子筆帖式次子廿一讀書

余以黃山谷袁齊廟碑實出於褚因留意河南之書為採原寫影本之
計廉生深題之為余物色褚雁塔聖教甚勤猴趙子函以同州道
逸婉媚似勝慈恩呼說非是又云二碑按年代官品王元美均以為不
合署名處皆後人附益玉海太宗製聖教序高宗為太子又述記
并勒碑置慈恩寺浮圖永徽四年十月褚遂良所書則大塔
似是真蹟而同州本反勝何也佩綸案褚公以貞觀二十二年拜中
書令高宗即位賜爵河南縣公永徽元年進封郡公尋坐事出為同
州刺史三年徵拜吏部尚書同中書門下三品監修國史加光祿
大夫其月又兼太子賓客四年代張行成為尚書右僕射依舊知

政事碑書於永徽之冬十一月十二月太宗文則題太宗末年之宮高
宗文則題本年之宮文何不符之處而元美妄疑之耶廣川書跋
謂慈恩蹟瘦勁練不減銅甬等書諒矣蓋王趙止據後來拓本
廣川所見則原拓也
王山史砥齋題跋褚公聖教序記勒碑慈恩寺浮圖結體用
筆婉麗秀穎令人有餘思所謂瑶臺青瑣窅映春林嬋
娟美女不勝羅綺者也而王弇州以為軟弱不足言蓋其胷中
先有同州本所梗故耳余挍慈恩公所自書刻石者同州乃摹
刻郭徵君謂同州饒骨慈恩饒韻而同州尤有隊石驚電之

勢其言自不可易如弇州軒輊則過矣佩綸謂山史説亦模棱阮
定同州爲摹豈其摹刻轉勝習書天青出於藍冰寒於水容
或有之而當日書法能駕河南而上之者當屬何人龍朔時河南
竄死炎州又誰肯摹書託名乎然則同州定是後來倘刻豈能寫
慈恩抗行河南書此碑時年五十九本工隸書又以兼摹禊帖盡得
南北兩派之分合指實鋒中微妙全在毫顛實生平之極作其
明年遂遭貶徙流離瘴鄉才四年而摧折未聞更有大書洋刻之
碑則觀褚書者當以此爲最佳之本豈可隨波逐流捨明人嗤餘
軒輊之哉　褚公以顯慶三年卒年六十三

十月初一日晴

午後答仙蘅晚過晦若容氏一談

近人收求四王吴惲等出高價於是真贗雜陳往往割裂舊畫改題其名續覓截鶴毀壞名迹實多永寶前以惲冊見示亦頗清妍而失之薄弱其題中乃多別字並索價已三百金論古一冊較佳價至五百金而畫已黯淡失神余故不蓄王惲亦李衛公不蓄文選意也偶取甌香館集讀之使如見其畫矣錄數則以志其高趣　題石谷畫元人逸趣云笑我癡頑成個癖問君何事最銷魂自言只愛王郎筆半幅雲煙墨一痕　又題石谷冊云鷗

波昔石谷石谷今鷗波英雄惟使君天下如君何注云一二年不見石谷筆
墨遂臻極致觀其命毫傅色經營苦心自董宗伯以來未有能與其
奇者　又云石谷不喜余喜生曾對孫承公云正叔研精卉草日求其
趣于煙雲山水之樸疏矣予初不以為然已而思之寫生與畫山水用
筆則一蹊徑不同久于花葉手腕必弱豈能通于山巖萬壑之趣
是石谷縱巖未嘗于寫生著意並開一為之必有過人處蓋其
得力于山水者深筆精墨而其餘不可勝用也石谷進哉殆矣
于水仙之移人情哉觀此則南田之傾倒石谷與石谷之愛重南田
交情膠漆世必謂南田遁而為花卉以與石谷爭名何其陋也道

執一理能成大名未有不虛心者

初二日晴

終日枯坐意甚躁夜讀史一卷無所得

閱宋季三朝政要文文山妻歐陽氏亦守節而死天祥為祭文曰忠臣不事二君烈女不更二夫天上地下惟汝與吾天祥弟璧知惠州奉母夫人就養鋕附從歷廣西宣慰使文公歎曰兄為國弟為家各行其志云文信國史閣部二弟相事二姓殊愧其兄歐陽夫人則勝祁黃二夫人矣 失名

宋以周顯德七年受禪至十六傳而幼君名顯後元徙祐合顯陳二字

彰著於命名改號之間人不之覺杜太后將終促太祖曰汝自知所以得天下乎政由柴氏使幼兒主天下羣心不附若周有長君汝安得至此豈料三百年後似道貪權利於立幼卒至亡國是亡其初取於孤兒寡婦之難也余嘗不滿於藝祖之受禪而傳國竟三百年之力爲不幸宋儒者居忘其所以若有深仁厚澤者並此論可爲精確

初三日晴

得都門書永寶寄一隔墨鹿生定爲明初拓本惜序後年月銜名廿二字失去究是一病過晦若一談論古以子昂五駿圖來售後有不廣墨卿鄧山晉之屬雖泉藏子大諸題之真而圖本八駿已失其三以五馬又

失去而信人以意爲之充之也

山谷題跋余在黔南未甚覺書字綿弱及移戎州見舊書多可憎大槩十字中有三四差可耳今方悟古人沈著痛快之語但難爲知音尔李翹叟出褚遂良臨右軍文賦真豪家勁清潤真天下之奇書也業山谷豪家勁清潤乃黄河南非黄王也而俗說閣本題曰書在軍文賦後失之

初四日晴

午後洪翰香來以小唐碑遣問攷證竟日得安姪書

皇宋書錄引縉雲馮時可文集云老蘇書法律不足韻度有

餘蜀人本不能書元祐間東坡始以筆畫名世其流雖出於二王其實已濫觴於老蘇洵源中矣老蘇今已無存錄此以資攷核

近人內言朱子書學曹瞞此何所本書錄引周益公云朱元晦言先君子及其喜學荊公書多楷真題帖此當有跨越古今開闔宇宙之氣則朱子書學荊公也南軒亦云荊公書有晉宋間人用筆佳處

山谷評子由書云子由書瘦勁可喜反覆觀之當是捉筆甚急而腕著紙故少雍容耳　縉雲文集云潁濱本無意名然風味極高真可以兄事東坡蘇妹論據此余謂之曰世

閒絶無賴須考惟生尤宜愛惜按汪時可謂坡書直者蘇泉源中頗讀可以見弟東坡此等議論尤令之善應酬者可笑也

初五日晴

寄安圃及諸姪孫書名孫茶孫來買筆過容氏略話夜飲微醉

讀蘇詩十餘葉

初六日晴

取合肥所藏北觀武梁祠畫像乃黃小松舊藏何子貞長題頗佳夜儒弟自里來

東坡琴詩云平生不識宮與角但聞牛鳴盎中雉登木出管子地員篇 欽定律呂正義本此以管子為經音東坡之説必有所据惜不可攷矣余從此悟以雉登木為角木與角韻而鳴音疾以清鳴字為衍鳴與清亦韻也世能讀管子者莫如東坡矣余數年來作管注讀坡詩為兩家結一重緣亦熟能生巧歟

初七日晴

復韋頌民書崔琴友自安慶復來

前漢循吏傳六人耳後漢既列循吏傳而郭伋杜詩張堪等仅列特傳不入循吏篇中殊不可解因兒輩作杜詩論拈此示之

蔚宗自云循吏以下論贊天下奇作而體例乃如此其疏何也

黨錮之風自後漢而嚴然西京已見萌芽楊惲之獄諸在位與惲厚善者韋元成張敞及孫會宗等皆免官翟方進因紅陽侯立之獄劾陳咸復奏立黨友朱博孫閎及咸歸故郡又素與定陵侯交至內懼謝罪乞骸及起視事條奏長所厚善孫寶蕭育刺史二千石以上免二十餘人及光武初年蔣遵以屠受之訴欲禁錮戴遵為言帝怒曰汝南子欲復黨乎此皆黨錮之先機也不知本於漢律抑出於後王之例方進以定陵之黨案而自免復條奏他人以自解居心尤不可問宜其相業之不終矣

初八日晴

王漢輔自都來（翼北之弟名崇烈令筆北闈謄錄）得廉生兩書昨取合肥所藏武梁畫像贊閱之乃黃小松物披展至三更不覺受涼夜不成寐

潛研堂金石跋尾云武梁石室畫象畢機云宋以後碑石湮沒好事家得宋拓本傳為希世之珍乾隆丙午小松于嘉祥縣南三十里紫雲山得之土人名武宅山其石裂而為五即此本也又乾隆己酉濟甯李東琪營治武氏祠復得左石室畫像亦見潛研跋則此本無之

初九日晴

昨夕失眠甚憊永寶隸古均來觀書畫遣興惜少佳者晚

仲彭約至其業師夏建侯處一談，得都中書。

閱明儒學案。吳康齋與弼為石亨薦，以諭德輔東宮，齋瑣錄先生知石亨必敗，求還。後人問其故，第曰：欲保性命而已。或謂先生跋石亨族譜，自稱門下士，顧涇凡允成論之曰：此好事者為之。梨洲以為若先生不稱門下，則大拂亨意，先生必不能善其歸，所謂欲保性命，其亦有甚不得已者乎。佩綸謂梨洲之見陋甚，使門下之稱果出康齋，不足以為儒者矣，出於託名賢者，遇之，斯無謂。康齋老年至死不受官，何取偽之道歟乎。

初十日晴

慈壽聖節

復閱書画竟日都中書來

閱南豐類稿據行狀及宋史類稿五十卷尚有續稿四十卷外集十卷今止存此二本為查溪元孫才道行思儀彥華所校刊其大略與明成化六年南豐知縣楊參刊本同惜不得顧崧齡校刻之本

十一日晴

復都中書寄五十金買圖書石又復廉生一緘永詩約談

永寶送明季國朝名人尺牘十八冊始文震孟至黃易王芑孫等明人均小字疏行乾嘉閒則字大行密矣小松劉拓漢碑伯用松煙

可資攷證

十二日晴　崔琴友來午後黃臣過話

十三日陰　過晦若略話得八弟書改代為署夜飲破寒

綠古送一昇仙太子碑來碑陰無鮮書還之

十四日陰　始著灰鼠裘

復八弟書壽文舊僕史升來知其父子均葬湘鄉本甫有一子及再同事實均不詳　差弁入都寄甯夫人挽幛

宋

姚姬傳選五七言唐詩今體以補漁洋頗爲時流取法然於唐之派别頗不清也其中唐一卷云大歷十子以隨州爲冠其餘諸賢亦各有風調至於長慶香山以流易之體極富贍之思非獨俗士奪魄亦使勝流傾心然滑俗之病遂至濫惡後皆以太傅爲藉口矣非慎取之何以維雅正哉據中唐詩非隨州香山兩派所能盡也柳子厚劉夢得張文昌當各爲一派元遺山鼓吹集直以子厚居首是其彩淵所在東坡初學夢得韓昌黎雖不以七律名然其和盧庫部元日朝迴及晉公破賊回重拜台司兩首格律直逼杜陵此文昌之胎源也今置昌黎不入選而文昌僅選其曉來江氣連天白雨後山光滿郭青一首豈非

信手掇拾于宋七言亦略宋初及荊公一卷即大謬宋初當自為卷所謂昇平格律未全同也此下荊公子瞻魯直當各為一卷於以上承三唐下啟南宋魯直一卷自應附入西江各家以存其流別並後以放翁殿之

十五日晴

潘子靜來午後無事讀柳文二首論古法隸文休昌世寫經四冊及石谷画十二幅画真乃兩本合成者不足取矣丹崖編修自都來滬遂感冒誤服藥病劇由舟還浙紹商船公所夜往視之

十六日晴夜霧

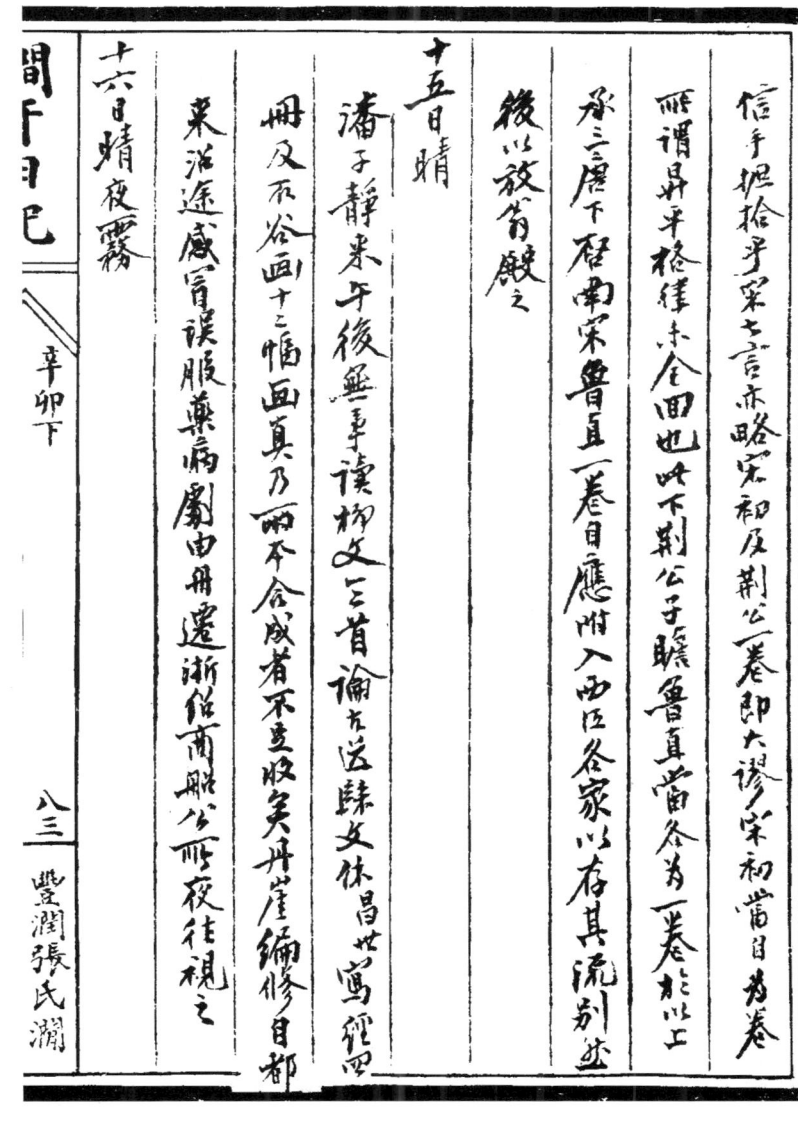

翰香秉言琴生之子悟後又殤為之悲愴不已

陳後山云杜之詩法韓之文法也詩文各有體韓以文為詩杜以詩為文故不工耳余按杜文不工固已以韓謂不工於詩既後山之偏見也苕谿漁隱論昌黎詩五三卷續輯一卷皆枝之節之而論之雖毀貴互見其未窺昌黎詩之全體則一夫詩文本是一事昌黎之詩與其文同李漢所謂摧陷廓清之功比于武事蘇明允所謂渊然之光蒼然之色畏避不敢迫視者不獨稱其文實兼其詩言之文公以李杜並稱其詩實奄有李杜之長李之奇而兼杜之厚而重公尤得之蓋探原於二雅三頌楚騷漢賦古樂府以成一家之體然籍得其高亮郊

得其堅瘦荆得其議論蘇得其波瀾實中唐一大家与白香山一平
一奇各極其妙而學韓者易失之粗学白者易失之滑韓白不任咎
也世不知韓至谿所謂詞向奇語重喻者少耳

十七日晴

晚過胥堂一談
胥堂方評騷分章集解其意以王逸洪興祖及朱子各家所說均未
盡合歎目為之桐城派徒之若此且謂遠游非屈作乃後人以大人賦竄
改招魂乃招懷王非招屈原之原作而非宋玉所作余不謂然遠游為屈作
漢以來無異辭豈得以大人賦起句偶同規模近似疑為僞託果爾

則孟堅兩都亦後人偽託以壓平子兩京乎斯可悟矣大招或以景差所作叔師仍以為原作此即司馬子長所謂招魂叔師所謂大招其魂也明黃文煥楚辭聽直據史駁楚辭章句似不必沒其謬說耳胥堂最屢受余言此則未以為是

十八日晴

晨起聞丹崖已於昨夕逝世午後得九弟書知子岱已於八月間作古同患同戚為之惘然

十九日晴

得高陽書亦無好懷午後班卿翰香來談伯因琴生家事也談次

愈形鬱鬱，晚得八弟及都中書。

二十日晴。午後愴慘。

復都中書。

二十一日晴。

劉薌林來談。

司馬子長於屈賈列傳錄賈生二賦，以吊屈明合傳之意，不以其賦也。於相如傳讀其賦以存辭賦一派是矣，班氏不達此旨，既錄相如以錄揚雄，而敘傳中又錄其幽通賦，實爲失體。史者記一代之興衰，此何關於國計民生哉。儒林一傳於經學源流甚晰，使節此無關係之詞賦而詳有枚叟之屬，謂千載以後不知多若干聚訟矣。班氏議子長先黃老而後六經，余以為黃老六經漢時學派，不得不並存之。辭賦第一以明了，而煩複若此。班固文人，非經生，亦非史才也。

○敍傳敘其書旨，固而附及家乘，太史公世為史官，故不嫌其詳備。班氏既作國史，實取子長之文二，止能存太史公敘傳於敘傳之前，何為又將揚子雲敘傳全行載入，並錄其太玄法言之自序如，以為太玄法言果奇書，並太玄擬易，法言擬論語，何不於儒林傳將易之同異論語之篇目一一全載乎？此其意為軒輊，全無所斷，實非史之體，徒貽世人以漢家制度全備於此書，不得不根據之，不知其存者什之一，而其亡者

什之九矣焉足以為班氏之功

廿二日晴

巳刻往送丹崖同年歸櫬午後省堂來談

草堂杜詩箋僅存廿二卷黎庶昌使日本得南宋足本四十卷高麗本補遺十卷以校廿二卷本則十九卷後之三卷即補遺之前三卷也而黎刻亦漏去上元庚子冬末詩十餘首杜詩苦無佳注錢蒙叟注云宋人之宗黃魯直元人及近時之宗劉辰翁皆奉為律令莫敢異議余嘗為之說曰自宋以來學杜者莫不善於魯直評杜者莫不善於辰翁魯直不知杜之真脈絡所謂前輩飛騰餘

波綺麗者而擬議其横空排奡奇內硬語以爲得杜衣鉢此所謂旁門小徑也原當未識杜之大家數所謂鋪陳終始排比聲韻者而點綴其興新雋冷單詞隻字以爲得杜骨髓此所謂一知半解也宋臣之學杜者生吞活剝以撏撦爲家當此魯直之隔日瘧其黠者又反唇于西江矣近日之評杜者鉤深抉異以鬼窟爲活計此辰翁之牙後慧其横者並集矢于杜陵矣余之注杜實深有慨焉而未能盡發也其大意則見於此按錢氏狃于幽厲變雅之辰微辭之見幾于禍之訕謗語之刺譏謂爲太過而錢之人品心術不足道其學問實卓絕一時故扶蔡黃之誤以訂證史以

史祈詩二題有疏通證明錄田杜陵西曲者近人或稱仇楊州家實不啻也於錢注所謂不以人廢言耳擬去之太甚過而存之亦彤管節取之道歟

廿三日晴　北河已見冰

朝陽馬賊作亂名學好教匪其首僭稱平清王名郭海有偽總督名李春廷蓮昌義州應之熱河告急直奉以師會勦

戴之自虞山來留之午飯其到汲以來繳捐免保本被駁現來長蘆領款藉商出處

廿四日陰

李勉林來午後答勉林玉戴之處久談晚歸得廉生書以其從伯白海先生詩見示詩中有酬 先人一律敬錄之依原韵

彥和四十九文心體格從來有四深翡翠蘭苕才細小珊瑚鐵網氣陰森千金價索需神駿六代匡書供賦上林寫示諸生言有賸賸言都作老龍吟 先生名延慶嘉慶甲子舉人乙丑進士官兗州教授國子監博士

廿五日晴

午後戴之來談至莫始去

廿六日午後陰

作安圃書又九弟寄桂

廿七日晴

戴之來談後廉生書

錢竹汀先生與馮星實鴻臚書蘇詩年譜先生生于景祐丙子十二月十九日本見于文以遼志朔攷證之是年十二月實乙巳朔則公生日當為癸亥施元之以為壬戌殊未足信竹汀本精於麻算此說一出注家因以蘇公年命為丙子辛丑癸亥乙卯而以施注壬戌日癸卯時為非王文誥並以子平家言為之推算無不應驗余案不林攷證契丹麻法與本朝差一日熙寧中蘇子容奉使賀生辰適逢冬至本朝先契丹一日子容議各以其日為節致賀神宗喜其後奉使者不知此遇朔

日有不同至史相推謁而不更非國朝也據此則遼宋建朔不同未可據遼志以駁施注矣

宋史太祖改元乾德命宰相設前世所無年號以進既平蜀蜀宮人有入掖庭者帝閱其奩具得舊鑑有乾德四年鑄字帝大驚出鑑以示羣臣宰相皆不能答乃召學士陶穀竇儀儀曰此必蜀物昔偽蜀王衍有此號當是其年所鑄也帝乃歎曰宰相須用讀書人由是益重儒臣石林燕語則云韓王為樞密使盧多遜為翰林學士一日偶同奏事上初改元乾德因言此號從古未有韓王從旁稱贊盧曰此偽蜀時號也帝大驚遂令檢史視之果然遂怒以筆

抹錦王面言曰汝爭曰如他錦王經宿不敢洗面翌日奉詔帝
方命洗去自此趙盧之隙益深案盧以開寶二年始直學士院安
得乾德間即為翰林學士耶夢得之妄也耆舊續聞又云江南保大中
後秦淮得石誌某其刻有大宋乾德四年字令諸人參驗惟韓公稱
及江東時年號並削竇儀又不知韓公稱之有此號矣類紀之以
見攷證之不易也
杜子美詩功曹非復漢蕭何劉貢父以為誤用鄧禹事夢得駁
之以為蕭何為主吏孟康注主吏功曹也杜用事精審未可輕
議余案三國志虞翻傳注策曰卿其以功曹為吾蕭何留守會稽耳

杜寬用此事學自服之未審也

廿八日晴

徐天麟兩漢會要東漢據范書為本旁及諸家西漢於本史外漢制見於他書者概不采掇亦免失之太隘耶以律學言之東漢既別立一門而西漢則總曰律令殊多遺漏今為略分晰之

相國蕭何攈摭秦法取其宜於時者作律九章 刑法志 原

鼂錯為內史法令多所更定錯所更令三十章 鼂錯傳 原

路溫舒求為獄小吏因學律令 本傳

趙敬肅王彭祖為人刻深好法律持詭辯以中人 景十三王傳

以寬為奏讞掾以古法義決疑獄 兒寬傳

張湯劾鼠父見之視文辭如老獄吏大驚遂使書獄 張湯傳 如曰決獄之書

謂律令也

與趙禹共定諸獄吏文〔律令〕務在深文 同上

杜周少言重遲而內深次骨客有讓周曰君為天下決平不循三尺法

專以人主意指為獄獄者固如是乎周曰三尺安出哉前主所是著

為律後主所是疏為令當時為是何古之法乎 少子延年亦

明法律 杜周傳

陳咸以律程作司空 陳萬年傳

鄭弘字穉卿兄昌字次卿皆明經通法律政事次卿用刑罰深不如弘平 鄭弘傳

于定國其父于公為縣獄吏郡決曹決獄平定國少學法于父 于定國傳

丙吉字少卿治律令為魯獄史 丙吉傳

翁歸少孤與季父居為獄小吏曉習文法 尹翁歸傳

鄭崇父賓明法令為御史事貢公名公直 鄭崇傳

淮陽憲王欽壯大好經書法律 宣元六王傳

薛宣以明習文法詔補御史中丞 薛宣傳

文翁乃選郡縣小吏開敏有材者張叔等十餘人親自飭厲遣詣京師受業博士或學律令 循吏傳

黃霸少學律令喜為吏 同上

嚴延年少學法律丞相府歸為郡吏 酷吏傳

案漢律令為專門之學張蒼傳及以比定律令如氏以為定之十二律之法令於樂官臣瓚謂以比故取類以定法律與條令也當從臣瓚之說河平詔書其與中二千石博士及明習律令者議減死刑足證明律與明經並重故兒寬能以古法義決疑獄而董仲舒亦有春秋決事也至酷吏傳諸人則深以刀筆吏抑

之不得習廷尉習法律之科其旨微矣其時如張釋之之治黃老
張敞之通左氏雋不疑之修公羊皆無不兼明法律於史略之惟朱博
自以起於武吏不通法律故恐為官屬所誣乃自矜耳剽已久
令掾史與正監共撰前世決事吏議難知者數十事持以問之因平
處其輕重此特久吏習於政事以意比之究不得為明習法律
也後漢郭躬傳父弘習小杜律陳寵傳稱父咸收斂其家律令書
文辭藏之寵因以明習家業天麟于東漢有律學而不溯其
源流近於數典忘祖標要識要僅摭雖要以此一節觀之即班
孟亦多漏義矣

二十九日晴

戴之來

蘭駢館日記

辛卯十一月初一日晴

樂山調熱河都統作樂山書午後戴之來談

初二日晴

吳慎生自南回都贈蟹百輩蚶十斤留之暢談言南中伏莽尚多未可謂之樂土

初三日大風

戴之孫來得戴之赴上海商局午後與戴之定議

初四日晴

戴之來辭以舍利孫馬褂狐皮套褲贈之念姊氏云亡謂之憮然
有秀水金茂才爾孫字書石與古人有舊以書畫來售留名人扇面
數十葉而去寓上海天官牌坊人不俗固純也得潤師書言師母
久病王子裳比部詠霓摸書來
初五日晴
以戴之事寫寄穀士書遣陸宣赴蔡寄寄梁山書是日得梁山
十月二十九日復函疾已漸愈
初六日晴
永寶田都遣來存偕行省杜夫人疾並寄慰濮子泉書及康

生慎生各函明日曉發

初七日晴

卻班卿作一文難毛西河不當以甲兵車卒徒兵分為三等其後半乃定車兵每乘百人以四兩分於車之前後左右分為四隊云云余嫌其意斷班卿執之甚堅余不好辯一笑置之而已蓋班卿所守乃明王氏應電之說而一乘百人之說實不始於應電據其序武王戎車三百兩虎賁三百人僞傳云兵車百夫長所載孔疏謂致見臨敵實有百人國語說冠禮之謂一車百人一軍一百二十五乘六軍合七百五十乘秦文恭以六軍千乘之說駁之言恪敵豫為之說則引

司馬法甲士三人步卒七十二人復按杜牧孫子注謂又有炊家子二十五人

一車原有百人要之皆臆為之解尋車戰萬不能用讀書者

与其武斷何如闕疑

王參元家失火子厚作書賀之云家有積貨士之好廉名者皆畏忌

不敢道足下之善困學紀聞云曾於樊南四六有代王茂元遺表云臣与

季弟參元俱以詞場就貢久而不調誌王仲元云第五兄參元教之學

今王仲元誌已佚參元之名復見於李賀以傳參元能与柳子厚李

長吉交其人可知並則義山之壻於王氏焉知非出於參元之文字投

契今必以茂元多貲証及義山何也

初八日晴

班卿來談

初九日晴

昨夕合肥感寒世楯來談

初十日晴

得樂山書復之時潘萬才有建昌榆樹林之捷

十一日晴

張楚寶來談合肥已小愈

十二日晴

楚寶贊臣均來久坐

十三日陰

十四日晴有風

十五日晴

寄都門高陽霸州二公書渠山書來十八日發行

十六日晴

復渠山一書並附與帆一帋與楫來辭行

十七日晴

臣庭並來談夜睡甚遲　合肥來大喻與仲彭久談至丙夜始

寢

十八日晴

同道同來閲合肥疾欲改用中醫不許午後送雪楣行庭少

暇以吉林所留扇五十二葉臨之

十九日晴

寄戴之書

二十日晴

雪楣來談時入都展覲連日以竹垞漁洋兩集互閲

二十一日晴

合肥派馬隊五營出口會勦以副將呂本元統之銜實先後至寓柒

山書安圃有書至孫命名恭頤

二十二日晴丑日一陽來復

合肥漸愈夜過晤若襍談復安眠一夕

二十三日晴

得高陽書午後復之

二十四日晴

背心作冷夜晦若來襍談良久而睡

二十五日晴

晚朱存日都回得潤師復書以韓柳文通藝錄還都肆

康生一來談諧而已

二十六日晴

復潤師書過仲璋少談

二十七日晴

枯坐竟日

二十八日晴

晚過晦若談不暢

二十九日晴

復廉生書安昨日指弁鄧班卿來談

三十日霧大風

得袁爽秋書附送前曲農詩數律儀中有韋蘇州詩乃汲古閣本擬以席刻校之

朝陽赤峰賊平赤峰賊首李國珍為潘萬才生擒梟示朝陽賊首楊悅春父子為聶士成募獲一月之內肅清惟此次教匪滋事因由蒙古欺客民教堂欺在理而起七賊已甚於蒙古仇殺西儒教堂亦倚護勢皆益橫而鄉民則一月間迭罹蒙教兵賊之害殊可憫也

十二月初一日晴
聞合肥有差弁入都復九言一節九慶修書期定正月廿七日
初二日晴
連日心境不靜讀書甚覺所少
初三日晴、
過晦若少坐
初四日晴
有以書求售者宋板甚佳而價直甚昂付之一歎而已
初五日晴

仲彭之第五子殤，過其齋中慰之。午後至梅若處久坐。

初六日　晴

得巢山書。合肥召余至齋中久談，因巢山乞振款及都中電告。

賜壽楹聯匾，近日稍能讀書，檢閱管注，又改已數處。

石鼓歌世傳韓蘇兩作，子由和詩不稱，可置其不論。韋蘇州亦有此篇，在韓之先，苕溪漁隱曰：蘇州歌云：周宣大獵兮岐之陽，刻石表功兮煒煌煌，石如鼓形數止十，風雨缺訛數止十苔蘚澀，今人濡紙脫其文，既擊既掃白黑分，忽開滿卷不可識，驚潛動蟄走云云，喘逶迤，相糾錯，乃是宣王之臣史籀作。韓詩從臣才藝咸第一，初不指言

史籀歐公集古錄載于字畫亦非史籀不能作蓋原氏款坡詩憶

昔周宣歌鴻鴈當時史籀文科斗六原于蘇州也氏款有闕校

隆詩亦非拜所能擅耳

初七日晴

復樂山書午後鶴巢以近作吳禹詩見示

初八日晴

復鶴巢書

初九日晴

盧同年昌祚自山東來目識處屠仁守梁蘇官者 字粟甫湖北人 庚午科同譜也

初十日晴夜雪

作廉生復書一帋並寄還大觀帖

十一日雪霽

寄家書夜得渠山書以敎民橫忠上疏

十二日晴

朝陽靖亂合肥優敘

十三日晴

盧渠甫來談

十四日晴

李蒼臣同年來
十五日晴大風
栗甫又來夜復袁爽秋王廉生各一書
買帶經堂全集一部余不好漁洋詩故篋中非精華錄訓纂及
漁洋縣譜合刻均未畢業也此本家板初刻精雅以十六金留之
棲寓謂漁洋之文視竹垞則瞠乎後矣又云張嘯〻輩文略序謂以
先生詩為合〻太白子美犀知非溢美矣以先生之文為昌黎柳州
容有或信或不信者蓋當時公論已然先生以詩名一時古文特天資
聞悟自並修絜實則非所專門嘯〻輩必以詩文並稱非篤論矣

佩綸謂漁洋之文於論詩則目標心得於朝章國故則洞悉源流

如茂先說史漢衰之而腫霸病謂詩為專門都有霸氣文非專門

都無霸氣

十六日晴有風

捷安論懷麓云何李如齊桓晉文功烈震天下而霸氣終存東陽

如衰周弱魯力不足禦戎狄横而典章文物尚有先王遺風論空同

云其詩才力富健實足籠罩一時而古體必漢魏近體必盛唐

句擬字摹食古不化亦往往有之論大復云與李夢陽俱倡復古之

興然天分各殊取途稍異故集中與夢陽論詩兩不相下平心而論

摹擬蹊逕之人之所能略同王夢陽雄邁之氣與葉所指雅之
音亦各有所長正不妨離之兩美不必更分左右袒也論滄溟之資
地本高記誦亦博其才力富健陵轢一時實有不可磨滅者欲其
屑屑擬其英華固亦豪傑之士與嗣者過情毀者亦太甚矣
絕足達於詩家猶論家爲以平錄之遂爲前後七子者先
路之導詩至今日已全不知有漢魏六朝初盛之宗之絕響
學七子者之徒就七子乃摹擬而已所以每下愈況也使就七
子之說多取漢魏初盛讀之而以己之性情運藻合之亦必能自
出機杼成一家言詩中真消息決非稗販所能工耳

十七日晴甚寒

連日補注管書暇輒以詩陶寫性靈

漁洋有言劉公㦸論詩云七律較五律多二字耳其難什倍譬開硬弩祇到七分若到十分滿古今亦罕矣予因思唐宋以來爲此體者何翅千百人求其十分滿者惟杜甫李頎李商隱陸游及明之空同滄溟二李數家耳余謂公㦸此言深知七律甘苦漁洋求其人以實之轉涉于偏東川豈足方駕杜陵劍南亦難接武玉溪明之二李更不足道矣七律如子美可云特開世界有千門萬戶之觀惟李[illegible]隱若敵國玉溪乃其分支唐賢三分其鼎餘無人焉宋如王荊公

蘇端明有意求工王謹嚴而韻少蘇動盪而響浮南渡如務觀非不對仗整齊情味隽雅而兩聯相校能色澤相似而厚薄迥殊下至明七子則如醇醨之不可並陳櫨樑之不可並語矣而漁洋合之豈非見虎賁而誤為中郎愛叔敖而相及優孟乎余於國初六家喜朱而不喜王然王之七律極力講求而不脫七子蹊逕朱於七律一體少日頗似玉溪而少一種沈鬱頓挫之致亦畫肉不畫骨者蓋以義山之婀娜綺麗而求知其蒼鬱飛騰也七子學詩者動以七律為應酬而不知此體之已成絕響昔安以少年英絕詠懷古蹟三昧從三示家詩去

消息變化開闔自成一體以張惠說耶

十八日晴有風

仲彭來談得吳圖電寄三百金還戴戴夜閱遺山詩

明益藩有盛明十二家詩選今取其選七律之例閱之錄備攷核

七言律詩創自盧駱精麗纖巧初唐沈宋崔杜雄整

俊麗遂為七言之祖雖大而未化亦盡美矣盛唐王維李頎俊

麗温厚從容岑參儲西清麗高適典雅森整俱到自然皆

入聖域然猶未若杜甫神橫天妙兼二子之所長而又能變化縱

橫以盡七言之妙柳又大為其者先學初盛七子而終之以杜則

不作天寶以下詩矣中唐大曆諸子間有佳篇但終少一股渾厚處晚宋高手知者道也大所選十二家以初盛爲斷但七言律全工者甚少唐人即不能多況後世乎選中全錦團多得半者亦間或取之斯體甚難精故選宜從寬歷釋得人

案此言深得七言甘苦然詩如義山豈可以晚唐概之蓋因七子之派如此耳

空同出塞云關塞豈無秦日月將軍猶數漢嫖姚大復元夜仲脩宅對月云窗前大樹晴相照花外金環晚並還得嚴古書云天邊魑魅羅人過日暮黿鼉傍客居唱歎答留長史云萬里江湖雙

涕淚百年天地異交游昌穀曉過獻吉云開軒歷歷以星夜隱几蕭蕭古木秋華泉病起偶成云鏡中白髮羞空老江上青山笑未歸滄溟宣武門眺望云五陵佳氣蓬萊外大漠青山睥睨前朝退望西山霽雪云千峰曙色開金掌萬馬寒光出錦袍空翠拔浮仙闕動晴雲猶傍帝城高望其詞藻讀其音節信然初盛詩中佳句無如死於句下全無靈秀雋妙之趣此之謂塑羅漢泥美人漁洋以神韻救之似已而所謂神韻者又非洛神之神光離合乍陰乍陽不過翠羽明璫錦衣綃帶而已其為假詩則一也近人目命作詩者非七子即漁洋真得鮮矣

十九日晴

盧栗甫来蘭齋作東坡生日以東坡笠屐圖懸齋中設祀適合肥封
璲後来齋午飯相與縱談詩刻閒有善本入都後鶴巢一系陳
維甫太守題洪右臣左女田册文筆不健不如其詩陳洪之弟子也

二十日晴

夜李子木自山東来

御選唐宋詩醇劍南詩序引劉克莊之說曰放翁詩學杜甫南渡而後為一大
宗朱子與徐賡載書放翁詩讀之爽然近代惟見此人為有詩人
風致今諸家詩具在可與游匹者誰也稱許甚至及 欽定四庫提

要則云漁洋詩法傳自曾裘而所作唐仁集序又稱源出唐仁二人皆江西派也並漁洋詩清新刻露而不以圓潤實餘自闢一宗不蹈黃陳之舊格後村詩話便摘其詩偶之三十二首復相後人選之者恨取其流連光景可以剽襲移擬者轉相販鬻啟八家詩派遂為論者以實夫漁之節子成吃利録互陳互所不免未棄芟跋摘其目相踏談曾者至一百四十餘聯其陳因窠臼漁且不能自免何況後來說其託興深微遺現難得者全集之內指不勝屈焉可以選者之誤並其失於作者哉今錄其全集知解南一派自有其真非漫學所可藉口焉棠詩醇選於乾隆十五年主筆纂輯

者舉文苑諸臣捷要成於乾隆四十七年總纂輯者紀文達
諸臣以下見兩家之詩筆縱深又可見
聖學之日進無量故以論於形容當也

二十一日晴

閱開府目以廉生復書夜作此九東作詩多屬緊

余少學四六讎者子山其詩未及細讀兼治守未雀術讒齋先奇
其後歷仕諸能如史傳舍捷要謂其立身本末足重而四六則六
朝大成四傑先路張燕公曰蘭成追宋玉舊宅偶詞人杜拾遺曰後
來唯臣流傳賦均推挹其文也並拾遺贈李太白則曰清新庾

開府文目喻日庾信平生最蕭瑟暮年詩賦動江關則于其詩亦頗掩抑矣至今取其詩校閱一過亦自流麗清澈但出處既乖立言終不得體如擬詠懷詩云智士今安用忠臣且未聞惜無萬金產東求倉海君以留侯報仇自況也夫留侯有家財故散財求客如無財則亦有漆身吞炭以報仇者必待有萬金之產而使可報仇則所謂忠臣智士不如貨殖矣子山所謂仇者何人以為蕭詧則詧非仗魏師安能害梁元帝若為元帝報仇舍魏何屬耶不能報何故醜顏仕之既作于周已受禪之後此殆形其失據耳至云始知千載下無復有申臣則已自畫供招矣時因

聘留魏邪不效子卿之節亦應痛哭請其發兵討本出此韓妻

楚於他人之不乞師乎立言如此蓋無足取少陵以之自況並況

太白所不解也

二十二日晴

寄高滿書適有善斧復以食物与諸姪孫

明史文苑傳李夢陽与何景明徐禎卿邊貢朱應登顧璘陳

沂鄭善夫康海王九思稱十才子又与景明禎卿貢海九思及王

廷相號七才子李攀龍与濮州李先芳臨清謝榛孝豐吳維

岳輩倡詩社王世貞初釋褐先芳引入社年先芳出為外吏又二

年宗臣梁有譽入是為五子未幾徐中行吳國倫亦至乃改稱七子
名播天下擯先芳維岳不與焉而榛亦被擯攀龍遂爲之魁
益藩所選十二家前七子則李何徐邊後七子則王李而別入顧璘
薛蕙高叔嗣王廷陳姚汝循張文介六家顧亦十才子之一璘字華
玉上元人官刑部尚書廷陳字稚欽黃岡人由吏科改裕州知府以忤
巡按削籍叔嗣字子業祥符人官湖廣按察使少受知空同改文焉
孫王道詩新清婉約弇州稱其詩如高山鼓琴沈思忽往木葉盡
脫石氣自青俱列文苑傳汝循字敘卿上元人由刑部郎中出知大名
府謫嘉州知州有錦石齋集樓安議其體貌似陶韋靜志居詩話亦云

詩格不高然五言遠彷陶韋近體能宗大曆故益藩置之李何之列
文有字惟守龍游人有少谷集四庫未收明詩綜亦僅錄四首今其集
不易得益藩所選尤可貴矣蕙字君采號西原亳州人所著有西原
遺書考功集西原以議大禮下詔獄尋復職未幾辭歸屢薦不出
靜志居詩話稱其古詩自河梁以暨六朝近體自神龍以迄五季
靡不肉追字琢心摹手追欽北地之菁英具信陽之雅藻兼迪功
之精詣卓然名家其高固修論詩云近日作者有擬議少陵生
吞子美之病本道性情無若古詩直以泝流討源自許晚年究
心講學於詩不師一聲議尤人所難捷要亦稱其清拔削婉約

古體上祖晉宋近體旁涉錢郎能議擬多而變化少然筆墨之外別有微情非生吞漢魏活剝盛唐者比其戲成五絕句取何景明之俊逸病李夢陽之粗豪所尚略可見矣又云蕙方湛若水俱為嚴嵩同年若水垂髫而免作鈐山堂序蕙初亦愛嵩文采頗相酬答從栖國人以惡其為人不相聞問舊時倡和悉削其稿蓋詩格蕭然孤秀實有自來所樹之又不在區區文字間也

二十三日晴

錢受之朱竹垞均不取滄溟謂其生吞活剝而以弇州為較勝竹垞云名雖

七子實則一雄余以爲後七子之推眇目山人哀爲滂薄詩社中作此忌智實可呪歎錢受之云七子結社之始尚論有唐茫無適從茂秦曰選十四家詩熟讀之以奪神氣歌詠之以求聲調玩味之以裒精華得此三要造乎渾淪不必塑謫仙而畫少陵諸人心師其言厥後雖爭擯茂秦其稱詩之指要實自茂秦發之今明史謝傳全錄其語茂秦亦可以無憾矣竹垞則謂弇州汗漫如曹孟德放蕩無威儀笑時頭沒杯案不失爲英雄四溟磬折飾工對公孫子陽修飾邊幅僅堪作清水令余謂孟德子陽兩喻可移贈貪多愛好兩家也

二十四日晴微嗽

明史歸有光傳有光為古文原本經術好太史公書得其神理時王世貞主盟文壇有光力相觝排目為妄庸巨子世貞大憾後亦心折為之讚曰千載有公繼韓歐陽余豈異趣久而自傷此說本之震川所謂弇州晚年定論也然震川觝排弇州亦似太過聞近日古文家一派叫囂習氣而以震川繼韓歐究似溢美也

二十五日晴

昏卧竟日

竹垞之詩概要以為少學王孟觀其文集與高念祖論詩書

唐之世二百年，詩稱極盛，然其間作者類多長於賦景，略於言志，其狀草木鳥獸甚工，頗於事父事君之際或闕焉，不闕惟杜子美。子美之詩，其出之也有本，無一不關乎綱常倫紀之目，而寫詩狀景之妙，自有不期工而自工者。然則善學詩者，舍子美其誰師也。

興以詩之盛無過邊陲，而李、嚴、高、鄭、錢之二子詠歌杜子美之旨哉。詠其時非天寶事異，廣代而強致子美之憂時，以身守歲宗之時，易時哉！使二子易於就衆，而不敢憂其，則其詩能不作者也。

此書作於大同，是時湘少日六未離，以王孟耳。

二十六日晴

得高陽書並食物四種

作姪論詩語摘錄之

論詩論世者宜取玉臺並觀毋偏信文選 玉臺新詠跋

近者詩人多舍唐學宋學宋者嘗嫌務觀太熟魯直太生生之者流為

蕭東夫熟之者降為楊廷秀蕭不傳而楊傳效之者何異海隅

逐臭之夫耶 書劉鄴集後

學詩者以唐人為經此導達道而得周行者也唐之有杜甫其猶九達

之逵乎外是而高岑王孟若李若韋若元白劉柳則如崇期劇驂

可以交復而岐出至若孟郊之硬也李賀之詭也盧仝劉叉馬異之

怪也斯便偏而登險者也正者極乎杜奇者極乎韓比諸夫三峰

者也宋之作者不過學唐人而變之耳非能軼出唐人之上若楊廷

秀鄭德源之流鄙俚以為文詼笑嫚褻以為尚斯為不善變

矣王學士西征草序

正嘉以後言詩者本嚴羽楊士宏高棅之說一主乎唐而又析

唐為四以初盛為正始正音目中晚為接武遺響音節之權輿

調格律之高下使出于一吾言其志將以唐人之志為志其於之

心將以唐人之心為心其于吾心性何與焉至謂唐以後書不必使

唐以後書不必讀則惑之甚者矣退之有言惟古于辭必已出

降而不能乃剽賊夫辭非己出未有不流為剽賊者若王先生之
遠庶幾辭必己出者故至言遠詩序
予年二十始學為詩起居飲食夢寐惟詩是務六經諸史百氏之
說惟詩材是資府研之所施友朋之所講習未嘗須臾去詩也序
鄒詩序
竹垞又有與漁洋論明詩一篇及作桐鄉馮君詩序則不以派為然作
沈明府不羈集序則不以格為然而作五段尤為精理名言可為後
來學詩之津梁也
二十七日晴 嗽止

張子蓀來談

竹垞論詩之語余已擇要錄之矣其論古文亦具有心得與李武曾曰既至大同朝之兩月深原古作者所由得與今之所由失並以知進學之必有本而文章不離乎經術也西京之文惟董仲舒劉向經術家純粹之文家亦推揚雄之徒品行自詭於聖人務擬奇字以自矜尚要非所謂文哉魏晉以降學者不本經術惟浮夸是務文運之厄數百年賴昌黎韓氏始倡聖賢之學而歐陽氏王氏曾氏繼之二劉氏二蘇氏羽翼之之莫不原本經術故能横絶一世蓋文章之壞至唐始反其正至宋而始醇宋

人之文亦猶唐人之詩，學者舍是不能得師也。北宋之文惟蘇、歐允稱，出乎縱橫之說，故其文在諸家中爲最下；南宋之文惟朱元晦以窮理盡性之學出之，故其文在諸家中爲最醇。學者於此可以得其緊要，以威宋之才正不必博搜元和以前之文，但取有宋諸家，合以元之郝氏經、虞氏集、揭氏傒斯、戴氏表元、陳氏旅、吳氏師道、黃氏溍、吳氏萊，明之方氏孝孺、王氏守仁、王氏慎中、唐氏順之、歸氏有光諸家之文，潛諷而細繹之，而又稽之以經以正其源，考之史以正其事，本之性命之理，俾不惑於二氏百家之說，以正其學，如是而文猶不工，有是理哉？報李天生書。不惟不以唐宋之文强其下

並不以秦漢之文勗足下所期於足下者載道之謂也試取古人命
神明之勿規倣其字句抗之於論期大裨於世道人心而不為虛
發揮足下所為分者未始不合也此之為古文之道盡之矣
今之作偽桐城及專摹秦漢詭刻之虞者要皆可以此藥之
二十八日晴
合肥七十生辰　賜壽新吾齋至
二十九日晴
得孝達書寄王夢樓楹聯言小五　洋灰鼠裘一領川冬菜兩罈
午後又得潤師書肄雅寄到中州集一部

三十日晴

得樂山書寄香鼎筆及女皮襖簡各一件桃紅蘊合多江綢女衣料各一端乃吾夫人贈因子者筆及馬褂兩件乃樂山与兒子者書來有引退意胡雪楨送來鑑子地質政從兩部

余少而癖嗜竹垞通籍後編閱乾嘉老輩遺集則心所依歸者惟錢竹汀先生先生於書無所不窺其小学不如段之淺識其經学亦不如戴王之破碎而詩文亦衍餘裔備自入歐蘇之室而無放誕家之習氣其序人詩文不免應酬假借然中有精義存焉如序春星草堂詩集云昔人言史有三長吾謂詩亦有四長曰才曰

學曰識曰情故筆千言揮灑自如皆之才也合經咀史無一字無來歷謂之學也博益多師深淫嗜而遠鄙俗謂之識也境往神留隨遇意深謂之情也有才而無情不可謂之真才有才情而無學識不可謂之大才序半樹齋文稿云文之古不在於襲於古人之面目而在於古人之性情性情不古若徒貌為秦漢者非古文也貌為歐曾者亦非古文也近之互唯古於詞必己出即果由己出矣而孰能佚遍自範於名教之分陽五古賢人卞心之有傳其序謂者乎其言足與於惺相發明